梦境之光

Dream light

崔贺尧 著

北京时代华文书局

图书在版编目(CIP)数据

梦境之光 / 崔贺尧著 . -- 北京 : 北京时代华文书局, 2020.1
ISBN 978-7-5699-3388-8

Ⅰ . ①梦… Ⅱ . ①崔… Ⅲ . ①杂文集 - 中国 - 当代
Ⅳ . ① I267.1

中国版本图书馆 CIP数据核字(2019)第 285060号

梦境之光
MENGJING ZHI GUANG

著　　者 | 崔贺尧

出 版 人 | 陈　涛
责任编辑 | 张彦翔　周连杰
装帧设计 | 仙　境
责任印制 | 刘　银
出版发行 | 北京时代华文书局 http://www.bjsdsj.com.cn
北京市东城区安定门外大街 136 号皇城国际大厦 A 座 8 楼
邮编:100011　电话:010-64267955　64267677
印　　刷 | 三河市兴国印务有限公司　0316-7151807
(如发现印装质量问题，请与印刷厂联系调换)
开　　本 | 880mm × 1230mm　1/32　印　　张 | 7　字　　数 | 70千字
版　　次 | 2020年 4月第 1版　印　　次 | 2020年 4月第 1次印刷
书　　号 | ISBN 978-7-5699-3388-8
定　　价 | 38.00元

目 录

想象故事篇

生活随笔篇

游记篇

怀古篇

抒情散文篇

想象故事篇

不存在的彼岸

序

公元 2103 年。第三次世界大战宣告结束。

由于第三次世界大战的爆发，地球的生态环境遭受了极大破坏。

在第三次世界大战结束后不久，部分人搭乘宇宙飞船离开了地球。剩下的人类聚居在“世界屋脊”——青藏高原，这里是战争后仅存的一片净土。但是，死亡的威胁仍如同达摩克利斯之剑悬于人们头顶。核辐射正在逐步向这里扩散，最后的净土也将被污染……

与此同时，一个神秘的组织在人类的聚集地成立了，它的名字叫作“彼岸”。

他们的目标是引领人们前往“彼岸”，逃离快要毁灭的世界……

1

零是“彼岸”组织中的一名普通成员。在“彼岸”组织中成员分为四级，最高级为第四级，一共有四位成员。他们用《圣经》中人物的名称来称呼彼此。分别是“弥赛亚”“米迦勒”“加百列”和“诺亚”。他们所有的指示，都是通过网络来发送的，没有人知道他们究竟是谁。

经过一段时间的发展，“彼岸”由一个社会性组织逐渐演变为政治性组织。

作为一位普通的成员，零每日的工作很简单，也很枯燥——整理“彼岸”组织的各类文件。

他原本以为，他的生活会一直这样平凡地过下去，直到“彼岸”组织完成他们的计划，或世界毁灭的时候。然而，一场突如其来的变故，却改变了他的人生……

一天，零照例开始了整理文件的工作。突然，在他的电脑屏幕上弹出一则消息：晚十点，“彼岸”，西南。

虽然零的朋友很少，但他怎么也想不到谁会发送这样的消息给他。“彼岸”组织规定，禁止十点之后外出，否则会被组织开除。

这条信息在他平静的生活中激起了涟漪。晚九点五十五分，路上几乎没有行人，只有街灯忽明忽暗地闪烁着。为了应对资源短缺的困难，人们在青藏高原上大量采用太阳能发电技术，但这并不能保证电力供应的充足，所以，这里的街灯常常忽明忽暗。

一辆汽车开过，零刻意地拉低了帽檐，加快了步伐，向“彼岸”基地的西南角走去。

在“彼岸”总部的西南角不远处的草丛里，影影绰绰有两个黑影。零毫不犹犹豫地向那两个黑影走去。黑影是一男一女，女生看上去十七八岁，那个男生与她年龄相仿。

“抱歉，请问是你们给我发的信息吗？”零问道。

“你是哪位？”少年从头到脚打量了一遍零，那种神情就像在打量一件货物，零的心中不禁有一些恼怒。

“今天早上我收到一则消息，让我晚上十点到‘彼岸’总部的西南角见面。”

“没错。”少女开口道。少女看上去十分清秀，除此之外并没有什么特殊之处。忽然，零的目光定格在少女的眉心处。虽然光线不太明亮，但依稀可以辨认出来，那是一个大写字母——M。

“你们，你们找我有什么事吗？”零挠了挠头，“如果没有事的话，我先走了。”

“你真的认识我妈妈吗？”少女问道，“我妈妈说，如果她不在了，就发消息给你，你会帮助我的。”

“什么？”零大吃了一惊，“我不记得我认识你母亲这个年纪的人呀。或许你认错人了。你妈妈叫什么名字？”

少女摇了摇头，“在确定你的身份之前，我不能告诉你。”

“既然如此，那我先走了。”零说道。

“你不能走。”那少年冷冷地说道，“我已经把你从出门到此时的影像全部录了下来。”那少年招了招手，零的身后飞出了一只小小的机械蜻蜓。那只蜻蜓在空中盘旋了一圈，落到了少年手上。“这里边记录着你违反宵禁的证据，如果我把这段影像发给‘彼岸’，你知道后果吧？”

零下意识地看了看表，分针恰好偏移出“12”的刻度，停在了下一个空格。时间恰好是十点零一分。

零狠狠地跺了一下脚，“说吧，你到底想要什么？”

“你是‘彼岸’的文档管理员吧。我想让你找一份文件……”少年压低了声音，“1707 号……”

“1707 号文件？”零有一些吃惊，“我只有整理文件的义务，并没有调动文件的权力……”

“我有调动文件的权限，”少年说，“带我们去档案室。”

“既然你有调动文件的权限，为什么要找我呢？你自己在‘彼岸’总部查不就行了？”

那少年沉默了一会儿，“我已被‘彼岸’驱逐出去了。”

零又看了看表，十点零五分。

“算了，快点走吧！”零转过身去。

漆黑的夜里，零和两位少年行走在街道上。

“你们，叫什么名字？”零问道。

“我叫缘，他叫归。”少女说道，“归曾是‘彼岸’组织的三级成员，本可以成为四级成员的，但因为某种原因却没有成为四级成员。”

“那你为什么会被驱逐出‘彼岸’呢？”零望向那个少年。

归并没有回答，只是继续走自己的路。

“前面就是档案室了，你们最好走快一点。”零又看了一眼表，十点十分。

“吱呀”一声，大门打开了。

2

“你为什么要找1707号文件？”零问道。

“那个文件……是解决一切的钥匙。”归说道，“它可以解释为什么‘彼岸’会堕落至此……”

“你这是什么意思？”零问道。

“这个组织，已经日渐腐化了……”归说道，“从它背离了最初的信条，开始大量接收成员的时候，它就已经开始堕落了……”

“当年，组织之所以成立，是为了替人类寻找‘彼岸’，拯救众生。后来，最高成员背离了这一信条，带领‘彼岸’组织走向深渊……”一边说着，归打开了1707号文件。

“咚咚咚！”突然，沉重的撞门声响起。紧接着又是“砰”的一声巨响，房子的大门被粗鲁地撞开了。只见一个瘦高的人影，从走廊的阴影中缓缓出现。那人看上去二十多岁，身穿一件白色的风衣，借着不太明亮的灯光，零可以看到他的腰间别着一把手枪。

“是你！”归的瞳孔骤然缩紧。

“没错，归。”那人笑了笑，说道，“找了你这么久，没想到会在这里见到你。你还真是锲而不舍啊，一直执着于那份文件。但是，无论你怎么做，都无法阻止我的计划。”

“那份文件里究竟有什么？”归问道。此时，那个人已经走到三人面前。零终于看清了他的面容，零的大脑中忽然一阵刺痛，他依稀记得，他见过这个人……

“那就是……”那人柔声说道，“毁灭这最后的乐园……”

“毁灭？”归大吃了一惊，“难道你要毁灭这世界吗？”

“在现实中得不到救赎，在死后必然会得到解脱，这就是我的信条。”那人继续说道，“当年，你退出‘彼岸’组织，只是认为它已经腐化堕落，却没有想到，真正堕落的其实是你啊——第五位创始者，堕落天使‘路西法’。因为看不惯我的所作所为，你不肯晋升为四级成员，之后又主动退出。不过，我还要感谢你，如果不是你主动退出，同时对付你们几人还真有点困难呢。”

“你究竟……为什么要这样做，‘加百列’？”归不解。

“在《圣经》中，传说最后吹响末日审判号角的就是加百列，我所做的就是发动末日审判。看在你们快要死去的份儿上，我再告诉你一件事。‘彼岸’组织从成立开始的目的，就是要引领人类走向灭亡。从古至今，人们从来没有走向彼岸，‘彼岸’组织所做的，就是让人们怀着彼岸的美梦，进入永恒的长眠。”

在零的大脑之中，那些遥远的记忆，开始逐渐苏醒……

【零的回忆】

多年前，我还是一个少年，人们称我为天才。后来，军方带走了我，让我设计武器。在日复一日的工作中，我的心开始渐渐麻木。

那时候，第三次世界大战还没有爆发，我的生活还很平静。每天的生活一成不变。

突然有一天，隆隆的炮声打破了这份宁静。在战场上，士兵们使用我设计的武器互相杀戮。我的心，渐渐被阴霾蒙蔽……

在流浪的途中，我遇见了四个少年。

第一个男生看上去很腼腆，不爱说话，其实心地非常善良；

第二个男生看上去有些阴沉，擅长数学；

第三个男生是阳光少年，每天都无忧无虑；

还有一个少女……

在和他们相处的日子里，我的心中第一次充满了阳光。

过了很长时间，战争终于结束。我们来到了人类最后的聚集地，这里是最后的乐园。可惜这里是虚幻的春天，注定不能长久存在。

“我们的目标——创造一个新的世界！”

“我们的组织，就叫作‘彼岸’吧！”

“我们，都用《圣经》中的人物名字来称呼吧！”

在灿烂的阳光下，五个少年聚在一起，立下誓言……

之后，“彼岸”组织逐渐壮大，我们似乎在不断接近目标。

直到那一天……

在“彼岸”总部，“加百列”对“弥赛亚”举起了枪。我看到“弥赛亚”倒在血泊之中。然后，我的记忆，身为“诺亚”的记忆，就到此为止了……

【现实世界】

“那么，”“加百列”举起了枪，“就此别过了。这把枪，可以把整栋房子都夷为平地，你们的痕迹也会被彻底抹去。你们，将会成为末日审判的第一批殉道者……”他扣下了扳机。

零手腕上的表蓦地亮起，表盘上的指针开始飞速倒转。那颗子弹的速度越来越慢，继而停止不动，最后开始倒退，退回了枪膛之中。

“‘加百列’，你违背了我们的誓言。”零说道。

遥远的记忆开始复活，“加百列”望着眼前的身影，眼前的人影渐渐扭曲，与记忆中那个少年的身影重合……

【“加百列”的记忆】

许多年以前，我与他们相遇。从此以后，我们一起在死亡线上挣扎，直到战争结束的那一天。

战争结束以后，我们共同成立了“彼岸”。

其实没有任何一个计划可以拯救世界，世界已经到了崩溃的边缘。资源匮乏，连人们正常的生活都难以维持，更何谈实现拯救世界的目标。

在一次次的模拟与实验中，我再度陷入了绝望。无论是让人类在被污染的地球上悲惨地活着，还是让人类逃离这个千疮百孔的家园，最终都只有一小部分人能被拯救，大部分人都将死去。

既然无法拯救，那就全部毁灭吧！

既然在现实中得不到救赎，在死后的世界中，也许能找到彼岸……

【现实世界】

“加百列”在脑海中搜寻他的身影，“难道你是……‘诺亚’？”

零点了点头。他笑了，笑容里有一丝悲凉。“那次，你去谋杀我。你以为我必死无疑，但是我的表在最后倒转了时空，救了我一命，不过这也导致我丧失了一部分记忆。”

“‘加百列’，你为什么要这样做？”

小屋里一片寂静。突然，“加百列”疯狂地大笑起来：“哈哈哈，什么救赎，什么彼岸，完全是你们自欺欺人的妄想。神的意旨不是救赎这个世界，而是最后的审判啊！哈哈哈哈……”

“你已经完全丧失了理智，为了你的计划，你会杀害多少无辜的人？”

“人生来就是有罪的，没有无罪之人会降生在这个世界上。我的职责，就是执行最后的审判。”

“我会阻止你的！”

“阻止？你认为，你还能阻止我吗？人们现在已经完全被‘彼岸’组织所控制。不久之后，我相信所有人都会成为‘彼岸’忠实的信徒。”

“为什么？你忘记了我们当初的约定吗？”

“那时的约定，只不过是孩子气的幻想罢了。没有什么可以阻止我的计划，即使是曾经的朋友……”

“在临走之前，我再告诉你们一件事吧。那份1707号文件，是‘弥赛亚’在临死之前发送的，她把文件藏在数据库中的一个隐秘角落。不过很可惜，我已经在一个月前找到并且删除了它。据说，1707号文件中有让人们活下去的办法……”“加百列”的身形渐渐淡化为无数金黄色的光点，在零的眼前消失了。

“零，找到文件了！”归已经找到了1707号文件，但里面空无一物。

“我知道还有一份备份文件……”缘突然说话了。

“你是？”零忽然看见了缘额头上的“M”字符，“Messiah？难道说，那个标志，指的是‘弥赛亚’？”

“你可以把我当成是‘弥赛亚’，或者说，是‘弥赛亚’的一个完美复制品……”

3

“‘弥赛亚’在临死之前，对自己的大脑进行了强力的扫描，将自己的意识拷贝到了电脑上，随后意识又拷贝在克隆体上。”缘说道。

“只有两个人的话，是不能贸然挑战‘加百列’的。现在，有了三个人，应该可以了吧。”说完，缘又打开了电脑，“找到了，1707号文件。”

零与归两人都凑了过来。

1707 号文件

这个世界，已经没有拯救的价值了。与其如此，不如创造一个新的世界。

在计划一开始，我就发现，无论哪种计划，都需要耗费大量的资源。而青藏高原是没有足够的资源来支撑这些计划的，这个世界一定会走向灭亡。

经过多年的研究，我发现可以将人的意识拷贝到电脑上，通过上传，可以让人在虚拟世界保持存活状态。

但是，这并不是我的目标。意识上传到电脑之后，人虽然能保持不死，但意识处于沉睡之中。

为此，在“米迦勒”的帮助下，我们设计出了一个程序，程序的名字叫作“彼岸”。通过这个程序，人储存在电脑上的意识可以被唤醒，并且感受到幸福和快乐。

这个程序中所有的生产资料都不需要人们劳动去获得，这是一个完美的世界。但是，“加百列”似乎有些反常……

如果我死了，我会把我的意识上传到我之前培养的克隆体上。到时候，希望“诺亚”能找到克隆体。然后去找“米迦勒”……

“文件上只有这么多，剩下的只有找到‘米迦勒’才能知晓了。这样吧，咱们先休息一晚上，明天早上一起去总部找‘米迦勒’吧。”缘说道。

“不行，要去的话现在就该走。”零说，“如果明天再去的话，可能就没有机会了。”

“为什么？”缘问道。

“如果我们明天再去的话，‘加百列’一定会加强戒备，我们最好现在就走。”零看了表一眼，十点三十八分。

“我记得‘米迦勒’的房间是在‘彼岸’总部的最高层。”零说道。

“是的。”归说道，“我们去找。”

三人爬上楼梯，在迷宫一样的走廊里找到了“米迦勒”的房间。

“开启这道门，好像需要四级的权限。”零说道，“我目前只有一级的权限。归的话，已经不是‘彼岸’的成员了吧？”

“我应该还有这个权限。”缘说道。

“吱呀”一声，门开了。三人惊诧地发现，屋内的“米迦勒”倒在了血泊之中。

“加百列”慢慢地走出屋，手中还握着那把手枪。

“‘加百列’，你究竟想要干什么？”归说道。

“呵呵，我亲爱的伙伴们，你们至今还不知道这个世界的真相啊……”

“就由我来为你们解释一下吧。这个世界并不是真实的，而是由代码构成的世界。”

“一千年前，地球在战火中毁灭，残余的人类来到飞船之上，飞船上的一个人设计了这个世界。但他没有想到，人们都沉迷于其中无法自拔。一世又一世在这个虚拟的世界中轮回，没有人怀疑这个世界的真伪。而且，在这个世界的设定中，如果一个人没有想要离开的决心，是出不去的。”

“轮回了这么多次，从来没有人相信我。”“加百列”忽然叹了口气，“他们宁愿相信虚假，也不愿相信真实。”

“而且，”“加百列”又说道，“这个世界，即使我不去毁灭它，它的寿命也已经到了。”他点开了一个窗口，“海平面现在开始加速上涨了，预计再有一个小时，就会将这里彻底淹没。如果再不离开这个世界，意识就会永久地留在这里。”

“在‘彼岸’的灌输之下，民众们此时都认定，只有离开这个世界才会获得救赎。我想在洪水来临之后，人们都能回到现实世界吧。但如果你们不抱有这样的信念的话，就只能永远地留在这里了。”

“我给你们五分钟，你们考虑一下吧。”“加百列”说道。

过了五分钟，零说道：“我相信你。”

“加百列”举起了手枪，对着他们扣动了扳机。

子弹吞噬了整个房屋，三人只觉得自己掉入了一个无底的旋涡里。他们的意识，渐渐被传送到了一个遥远的地方……

当零恢复意识的时候，他发现自己身处一个巨大的白色房间。其实这是一个冬眠仓。

在房间之外，是一望无际的星海。

零站在窗前，眺望一望无际的宇宙。

“这就是我们的终点吗？”零说道。

“没错，”零回头一看，“加百列”正在向他走来，“这就是——命运的零点……”

最后的桃花源

时间：公元 3022 年，桃源历：3017 年

1

桃花源是地球上最后一片净土，是刘子骥百寻未果的桃源，是历代无数人向往的圣地。

这一天，桃花源中正在举行盛大的庆典。这是桃花源三千多年来不曾舍弃的传统节日。

人们身着华美的服装，聚集在庄严的礼堂中。高高的祭坛上，白发苍苍的桃花源主吟诵着不朽的诗篇：

赢氏乱天纪，闲者避其世……

众人都沉浸于诗篇之中。这时，有一个小小的身影穿过密集的人群，独自行走在阡陌上。

过了一会儿，他停在一扇巨大的铁门之前。

这扇铁门，就是桃源通向外界的唯一通道。在门楼之上有两座箭塔，上面有十位守卫轮流值班，终日不息。他们的职责就是看护好这一扇门，防止任何人进出桃花源。

小小的身影站在门前，门上有一根巨大的门闩，以他的身高甚至无法够到门闩。

他站在门口，正在沉思之际，突然，只听“嗖嗖”几声，数支冷箭从天而降。他见势不妙，一扭身便消失在了黑暗之中。

2

他的名字叫零。

在每一个桃源人初入学的时候，老师便会告诫他们，外面的世界是一个混乱的世界，因此，我们的先祖才会搬到这个地方。

一般的孩子听到老师这么说，就会打消到外面去看看的念头。

但是，零不一样，零对外面的世界充满了好奇。他的老师、父母无数次地告诫他，让他不要再有任何的妄想。随着年龄的增长，零对外面世界的向往却愈加强烈。

他曾偷偷地摸到藏书阁的禁书区，想查找有关外面的世界的书。在一处最为幽深的角落，他发现了一本书。

这本书详细地介绍了许多零不曾听过的新鲜名词，比如“飞机”“汽车”“宇宙”。最吸引他的是一种名叫“火药”的东西，“火药”拥有无与伦比的破坏力，可以轻而易举地炸开建筑。

当他看到“火药”时，他的心狂跳了一下。或许，他可以用这种东西炸开那扇大门，找到通向外界的道路。

在桃花源里，一切都和千年前的秦朝一样，“俎豆犹古法，衣裳无新制……”在这里，仍旧是古老的农耕社会，男耕女织，人们习惯了这种平淡的生活，除了零。

这一天，零找到了他的老师，询问有关外边世界的问题。

“老师，我们的生活，就这样千年来一直不变吗？”

“那当然，正是因为不变，才能长存于世。”

“但是，为什么不能稍微改变一下呢？外面有先进的科技，而我们依然保持最原始的状态。”

“那些所谓的科技，不过是些华而不实的东西。臭小子，我难道没有对你说过，不要再想这些乱七八糟的事情吗？还不快滚！”

……

3

零开始研究如何制作“火药”。现在看来，打开那扇沉重的门的唯一方法就是用“火药”。

对大部分桃源人来说，这种事是他们从来都没有想过的。

桃花源作为一个传统的农业社会，想找一些化学材料是很困难的。但零是一个十分有耐心、有毅力的人。他几乎每天都去图书馆，寻找关于“火药”的蛛丝马迹。可是，图书馆里与“火药”制造有关的书也寥寥无几。零硬是凭着自己的努力，造出来了火药。

火药造出来了，但他如果不能立即使用火药去炸开那扇门的话，可能会有失火的危险。此时庆典仍在继续，他拿着这么一袋诡异的东西招摇过市，很有可能被人怀疑。他思忖良久，决定将这些火药藏在家里墙壁的缝隙间。为了防止下雨时雨水浸湿火药，他又在墙头上铺了一层稻草。

可惜天公不作美，一天夜间，电闪雷鸣，大雨倾盆而下。所有人都躲在屋子里。突然，一道闪电从天而降，而且不偏不倚地劈到了零家的墙头上。

顷刻间，一团巨大的火球腾空而起，瞬间，零的家就被火焰吞噬了……

4

大部分桃源人家的房子都是土制的，可零家中的墙是用木头和稻草筑成的。因为零的父亲认为这样耗费的钱比较少，可谁知竟因此酿成大祸。

零的火药被毁，这自然让他十分心痛。但他暗自庆幸秘密没有被发现。火药虽毁，毕竟配方还在。

三天后，零穿着一身黑衣，怀中抱着火药，借着夜色的掩护来到了那扇铁门前。

他抬头望向门上的两座箭塔，原本应该点着的火把，此时却一片漆黑。

“或许是因为这漫长的庆典将这些守卫者都弄糊涂了吧。”零心中暗想。

零轻轻地挖开门前的泥土，随后把火药埋了进去。他用颤抖的手掏出了打火石。

在他划动打火石的同时，他忽然想到了一个致命的问题：自己有没有足够的时间在火药爆炸之前逃离呢？

随着“轰”的一声巨响，一个巨大的火球腾空而起……

当零再次苏醒时，他发现自己躺在一个巨大的悬浮在空中的球中，在球壁上有许许多多条管子，上面写着诸如“维生系统”“呼吸系统”等字样。在靠近门的地方有一个巨大的红色按钮，写着：开。

零按下了这个按钮。

“吱——”一声，球缓缓地打开了，零慢慢地走出球体。

零发现自己在一艘巨大的飞船上，周围有许许多多同样的球悬浮在半空中。飞船外面，是浩瀚无垠的宇宙。

他心想：我是来到了外面的世界，还是已经死了？

“咚咚咚”，一阵脚步声在空荡的船舱里回响。

零回头看去，一个苍老的长者拄着拐杖，一瘸一拐地向他走来，他看到了零，激动无比。

“一百年了，终于有人醒过来了！”他激动得合不拢嘴。

5

“你是谁？这里是什么地方？”零问道。

“这里是宇宙飞船 EZ-10701 号，我是这艘飞船的船长艾普。”

“我是在桃花源吗？为什么会在这里？”零困惑不解。

“桃花源不过是一个虚拟的世界，你，我，还有其他人，全都在这艘飞船上。”艾普看着零，随后向零讲述了一个他无法相信的真实故事。

公元 2909 年，世界上最大的核电站在一场事故中被引爆，刹那间，大量的放射性物质伴随着毁天灭地的爆炸被释放出来。强大的破坏力将方圆万里的一切化为灰烬。巨大的粉尘遮天蔽日，世界陷入死寂与黑暗之中。

残存的人类被分批送上宇宙飞船，目的地是位于 125 光年之外的 EZ 行星。在那里，人类的先头部队已经建好了基地。

大量的飞船腾空而起，承载着人类的希望，向更深邃的宇宙深处飞去。

可是谁又知道，迎接他们的却是死神的屠杀。

在大气层中漂浮的高热度高密度的烟雾，如同一道巨大的屏障遮挡住了人们生的希望。飞船纷纷降落。最后只有百余艘飞船冲破阻碍，飞向无垠的宇宙。

虽然科技已经很发达，但要飞到 EZ-10701 星球仍需要大约二百年的时间。为了帮助人们度过漫长的旅程，工程师们设计出了一个名为桃花源的虚拟世界。所有上船的人都会进入一个球体中。这个球会包容他们的身躯，将意识和记忆剥离出体内。从此，意识生活在桃花源中，直至到达目的地。

可是之后出现了一个不可逆转的错误，所有人的记忆都被清除了！按理说，当飞船到达目的地时，他们就会醒来。但现在，他们是否能清醒就成了一个未知数。

“现在，我希望你能帮我完成一件事情。”艾普一边说一边掏出了飞船的驱动钥匙，并把它放在了零的手上。

“你，你这是要干什么？”零吃惊地问。

“现在，只有触发紧急状态，飞船才会将这里所有的人唤醒，我会坐进安全舱。安全舱会将我弹射出去，随即飞船将进入紧急状态。”

“那我呢？”零吼道。此时，艾普的身子已经有一半进入了安全舱。“你负责帮我驾驶飞船，并将事情的真相告诉所有醒来的人。”艾普说完按下了发射按钮。

安全舱在一瞬间被弹了出去，顿时整个飞船响起了警报，零只看见窗外有一团橘红色的火焰，渐行渐远……

1000年后。

EZ行星已经成了人类的新家园，科技不断发展，人们驾驶着属于自己的小飞船，在宇宙中穿行。

一天，一个人独自驾驶着宇宙飞船，降落在一个无人的小行星上。

这颗小行星上空无一人，但有一处安全舱残骸和一小座墓碑。

他缓缓地走了过去。

在那墓碑上，刻着一句话：

纪念一位死去的英雄。

小行星再度恢复了死寂。

千年之约

公元 6990 年 12 月 8 月，一个年轻人坐在一个冷冻的舱里。

这个年轻人叫路德，如果往上找他的祖先，会发现他的第 X 代祖先，发现了冥王星。

此时，路德正坐在一艘将要驶往冥王星的飞船上，登上冥王星是他们家族的梦想。今日，路德也算是帮家族完成一个夙愿。

虽然现在的科技很发达了，但去冥王星仍要一千年。

在公元 4900 年，太阳发生了一次大剧变，吞没了水星，吞没了金星，人类将地球送到了一千光年以外的怀特星系。如今路德重回太阳系，尽管飞船的速度可以达到光速，但飞过去还是要一千年。

“是否开始发射？”冰冷的声音响起。

“发射！”路德说。

飞船的两个引擎同时点火，路德之前曾多次坐过飞船，这次是最特殊的一次。

冷冻舱内的温度开始降低，路德吞下了一片药丸。

“该睡了。”路德自言自语。一股倦意向他袭来。

“晚安。”这是路德听到的最后一个声音。

一千年后。

路德从睡梦中醒来，他立刻感觉到有些不对劲。

首先，正常情况下，在路德醒来之时，应该会有提醒位置和食物配送的声音，这都是在路德临走之前全球航天总局告诉他的。可这次什么也没有！只有路德头顶上的那盏小红灯兀自闪个不停。

飞船早已发生了剧变！

在飞船飞行了五百年时，一颗行星残骸撞坏了一个引擎，飞船的速度降到原来的40%，在飞船飞到第九百年时，一颗流星重重地撞上了飞船，使得飞船解体，冷冻舱被抛了出去……

在冷冻舱被抛出去后，全球人民都认为可怜的路德会不幸殒命，各国总统纷纷表达了他们的悲痛之情，所有人都把路德当成了一个烈士。只不过，现在烈士还蒙在鼓里。

路德打开了冷冻舱上的一个小孔，这个孔用来观测外面的世界。透过小孔，路德惊讶地发现飞船似乎已经灰飞烟灭了。

如果路德能跳的话，他一定会愤怒地跳起来。可是，他跳不起来，刚从冷冻舱里苏醒过来的路德虚弱极了，他感觉两条腿根本不属于自己。

“我必须要自救。”路德心想。他依稀记得在冷冻舱的侧面有一个应急对讲机，可以在紧急时使用。

路德身上厚厚的航天服虽然可以抵御太空中的低温，可他一无头盔，二无氧气瓶，怎么能拿到对讲机呢？

“哧——”冷冻舱唯一的出口被路德打开了，这个出口就在路德的头顶，路德小心地爬了出去。

到了太空，路德紧紧抓住冷冻舱的扶手，他的脸已被完全冻僵，两个眼珠也不听使唤，他感觉两眼湿乎乎的。

一个经过良好训练的人，可以在真空中憋气一分钟。可路德没有经过训练，他只有大脑在因缺氧而停止工作前的十五秒可用。

计时……开始！

路德抓着扶手，小心翼翼地向前挪动，三米的路程，路德感觉好像有千里之遥。费力地将对讲机拔出来以后，路德开始慢慢地往回挪。

此时，时间已经过去了十秒。

越往回走，路德感觉自己愈发昏沉，视野都开始变得模糊，“我这是怎么了？”路德心想。

终于到了那个狭小的洞口，路德爬进去，关上了洞口。

路德从头顶拉下来一个呼吸器，那是事先储存的氧气，路德大口大口地吸着氧，顿感精力大增。

他抱着对讲机按下通话键。

“我是路德，我是路德。我在 H 星系，坐标 551。再重复一遍，坐标 551，请速来支援。”

然后，他瘫倒在地，开始等待。

一分钟……两分钟……三分钟……时间一点点过去，可路德始终没有听到应答，看来没戏了。路德心想：我难道就在这里坐以待毙吗？

这时，路德突然看到了一行小字：时空转换机。旁边还有一个红色按钮，上面写着：开始。

路德按下了按钮。

“嗡……”时空转换机启动了！一行字弹了出来：请选择你要去的地方。

路德输入：地球。

冷冻舱体一阵颤动，接着，透过半透明的舱体，路德看到了蔚蓝色的星球。

路德不禁喜极而泣。

在地球引力的作用下，冷冻舱不断下坠。

我回家了……路德暗下决定：冥王星，我一定会再去。

烟花奇缘

1

“哦，放烟花了！”小熊猫潘潘兴奋地叫道。夜空中，无数朵烟花在灿烂地绽放。

“看，烟花多美！”潘潘的爸爸达达微笑着说。

今天是大年三十，一个热闹喜庆的日子。潘潘刚刚吃过一顿丰盛的年夜饭，有清炒竹笋、红烧竹子……他还喝了一大杯清凉的竹笋饮料。

饭后，潘潘的妈妈吉吉打开电视，准备看春节联欢晚会的时候，潘潘却缠住了他们。

“爸爸妈妈，”潘潘央求道，“你们带我去放烟花吧！”

“不行，宝宝，”吉吉说，“我们还要看春晚呢。”

“可我不想看春晚！”潘潘大叫着，一屁股坐在了地上，“我想去放烟花！”

“好吧，好吧。”吉吉叹了口气，“孩他爸，你带潘潘去放烟花吧！”

屋外，灯火通明，一簇簇的烟花将漆黑的夜空映得十分明亮。

潘潘兴奋极了，左瞅瞅，右瞧瞧。

“爸爸，咱们什么时候开始放烟花呀？”潘潘等不及了，着急地问。

“别着急，潘潘。”达达说，“马上就放，再等一下。”

“真的？”潘潘一脸期待。

“当然了！”达达笑了。

2

达达带着潘潘来到一片空地上。

四周都是幽深的森林，没有一丝声响，也没有一丝风。

相比繁华热闹的熊猫镇，这里安静得有点可怕。

“这儿？”潘潘吐了吐舌头，他有点害怕了。

“对呀。”达达一边说，一边像变魔术似的掏出一大把烟花，有什么轰天雷、小神鞭、爆烟火、彩虹喷泉等。

在这些烟花里，潘潘最感兴趣的是一个筒状的烟花。

这个烟花用红纸包着，上面写着大大的“福”字，还画着一匹马。

达达先燃起了一个火把。

潘潘则目不转睛地盯着这个神奇的烟花。

达达看见潘潘专注的神情，笑了。

“这是爸爸特别为你准备的，”达达说，“我们先放别的。”

“砰”的一声，轰天雷爆炸开来，飞上了天空，在天空中划出一道优美的弧线。

在轰天雷爆炸的瞬间，潘潘下意识地捂住耳朵，并飞快地藏在了达达身后。“好啦，好啦，”达达捂着肚子笑道，“快出来吧，没事了。”

潘潘看了看四周，确定没有危险，才缓缓地将身子扭了出来。

达达说：“现在，爸爸要开始了！”

“开始什么？”潘潘有点儿疑惑。

“当然是重头戏啦！”

随后，达达点燃了那个神奇的烟花。

美丽的焰火在空中爆炸。原本黄色的火，一会儿变成了红色，一会儿变成了蓝色，十分美丽。

焰火越来越暗，在它即将消失的一瞬间，焰火又“回光返照”，无数光点在空中聚合，变成了一匹马。

达达和潘潘都很惊讶，达达说："咦，我设计的烟花爆炸后不是这个样子呀？"

这匹马成形以后，在地上绕着走了几圈，潘潘又躲到达达身后去了。

"潘潘，你还是这样胆小！"达达喊，"快出来！"

"我怕！"潘潘说。

"你怕什么呀，这是一匹马，不是一只老虎！"达达一边说，一边拉着潘潘。

潘潘铆足了劲儿，像一个木桩子似的扎在爸爸身后，就是不出来。

马儿在一旁饶有兴趣地看着这场"拔河"比赛。

过了一会儿，马儿实在是等不及了，留下了一张纸片后便离开了。

潘潘见马儿走了，才从爸爸的背后出来。

"咦，这是什么？"潘潘看见了纸片，大叫道。

达达将纸片捡了起来，上面写着：

小镇将于今日被焚毁，快去遥远的山上，寻找稀有的神草，去救活亲人，重建小镇。

"这是什么意思？"达达搔搔头皮。

"爸爸、爸爸！"潘潘大叫，"快看，小镇里发生了什么？"

熊猫镇陷入火海之中……

3

摆在潘潘和达达面前的有两条路。

第一条路，去投靠小熊猫。去小熊猫镇，他俩势必会成为不受欢迎的人，因为相比小熊猫，他们吃得太多了，并且会永远失去自己的亲人和家园。

第二条路，去寻找神草，复活亲人，重建小镇。

潘潘和达达毫不犹豫地选择了第二条路。

神草就生长在小镇旁边的天柱山的山顶。天柱山十分陡峭，仅有一条曲曲折折的小道通向山顶。

达达对潘潘说："儿子，我们要做好吃苦的准备了。"

在曲折的山路上，两个小黑点在吃力地移动。

"爸爸，"潘潘问，"咱们现在离山顶还有多远？"

"大约还有两公里。"达达回答道。

经过十天十夜艰难的爬行，潘潘和达达终于到达了山顶。

"爸爸，"潘潘指着不远处，"你看，这难道是神草？"

"哪儿？"达达问。

"这里！"潘潘小心翼翼地拨开一丛草，指给爸爸看。

"太好了！我们可以回家了！"达达高兴地大叫了一声。

“哈哈，你们跑不了了！”

这时十几只黑色的蜘蛛杀了出来，将达达和潘潘围住了。

4

“爸爸，这是什么？”潘潘很害怕，他想躲起来。

“我……我也不知道呀！”达达颤抖地说，“来者不善！”

“哈哈！”为首的一只大蜘蛛说：“兄弟们，上！把他们抓住！”

“我们无冤无仇，你抓我们干什么？”潘潘鼓足了劲大声说。

“我们的确和你们无冤无仇，”大蜘蛛奸笑一声，“但我们想要你们的肉和你们手中的神草！”

眼看蜘蛛越来越近，潘潘心急火燎，突然，他想出了一个好办法。

“嗨！再见吧！”潘潘团成了一个球，飞快地向山下滚去，达达也学着他，向山下滚去。

蜘蛛被冲得七零八落，达达和潘潘就以这种奇特的方式下了山。

刚到山脚下，神草就从达达的手里飞出，在空中盘旋。小镇渐渐恢复了往日的生机，仿佛正从梦中醒来。

“妈妈！”潘潘大叫起来，吉吉正在向他和爸爸走来。

夕阳西下，两只熊猫的影子，被拉得越来越长……

魔　号

一位年长的老人，独自一人生活在广阔的森林里。他没有积蓄，只有一大堆乐器。

这些乐器有鼓、笛子、小号……在众多的乐器里，老人最喜欢的是一只号。

这只号看似普普通通，但老人只要一吹响这只号，森林里所有的动物就会穿着礼服，前来向老人报到。从装乐器的袋子里，会爬出几个小人儿，他们每人都从袋子里拿出一件乐器，坐在老人的背上，开始演奏。

皇帝听说后，便请老人去皇宫里演奏他的魔号。

老人吹响了他的魔号，号声悠扬，令人陶醉。

皇帝最感兴趣的，莫过于那几个小人儿。

只见那几个小人儿坐在老人的肩上，有的吹长笛，有的吹黑管，有的拿着指挥棒……皇帝十分高兴，但有一个人不高兴了，那就是皇帝的乐师。他觉得自己的地位受到了威胁。为此，他抢走了老人的魔号，把老人逐出了皇宫，并且换上了老人的衣服，伪装成了老人的样子。

第二天，皇帝又想听魔号演奏了。乐师背着乐器袋，拿着魔号，兴冲冲地开始演奏。

乐师开始吹得还好，但吹了一会儿后，他感觉两只手发烫，魔号在竭力地挣脱他。而那几个小人儿也没出来。皇帝的脸色越来越难看。

“陛下……”他刚开口，魔号突然挣脱了他的手，几个小人儿也从乐器袋里爬了出来，扛起魔号，大摇大摆地走出了皇宫。

乐师露馅了。皇帝大怒，命令手下将其乱棍打出皇宫。

魔号和小人儿找到了在城外流浪的老人，他们一起快乐地回到了森林。

生活绕了一个大圈子，又回到了原点，老人依然自由自在，快快乐乐。而那个贪心的乐师呢？我们就不得而知了。

逃离地球大冒险

公元 2999 年。

人类经过了 N 年的培育，终于在牛的体内同时植入了人和老虎的基因。

加入人的基因，是为了生产人奶；加入老虎的基因，是为了让牛学会自卫。

可是，就像电影《侏罗纪公园》里创造出来的暴王龙一样，这种牛的确可以产出人奶，也的确可以自卫，但牛们也拥有了人的智慧。

这样，全世界上成千上亿只牛，就变成了成千上亿个“人”，同时拥有高级的智慧和尖锐的利齿。

人类陷入了极端恐慌。虽然这种新型牛的智力水平和人差不太多，可是它们学习的能力是人类的五倍！人类的大脑开发率充其量也就10%，而新型牛的大脑开发率高达50%！

起初，人类还抱着侥幸心理和这种生物和谈。可是，这种生物对人类的仇恨与生俱来。新型牛开始疯狂屠杀人类，同时，牛们掌握了各种高科技和武器，并把控了大部分的市场经济，很多地区的行政也被牛控制了。

布鲁和比尔是一对亲兄弟，在新型牛所统治的黑暗地球，他们将开启属于他们自己的一段奇妙冒险……

在一间昏暗的小房子里，两个少年正在窃窃私语。

他们就是布鲁和比尔，自从新型牛来了以后，布鲁和比尔就一直计划着从“牛”的飞船停泊场偷一艘宇宙战舰。

“地球是没有指望了，”比尔一拳砸在了书桌上，“每多过一天，就多一分危险。”

“想一想爸爸妈妈吧……”布鲁说。两个人陷入了深深的沉默。

“就这样了，”比尔瞪大眼睛说，“明天就行动！”

第二天，比尔和布鲁来到了飞船停泊场。此时天还没全亮，几个新型牛士兵都打着呵欠。这时，一个士兵身上突然出现了一个红点，它用手擦却怎么也擦不掉。

“喂！你们几个都过来，”这个士兵把其余几个士兵都叫过来，“你们看，这个红点是什么？”

“啊！”其中一个士兵大叫一声，“这是人类狙击枪的红外定位！

有人要谋杀咱们！”

“什么？谋杀！”士兵们大叫起来。

“要不然咱们去四周搜查一番？”其中一个士兵提议。

“这是个好主意！”一个小头目说，“你们俩去东边，你去西边，我们一定要找到那个狙击手！”

“是！”士兵们接受任务后就散开了。

飞船停泊场一片寂静。

树下，布鲁和比尔笑得东倒西歪，“他们的智商太高了！”布鲁笑着说。

“嘘！”比尔伸出一根食指放在唇前，“安静一点！士兵们还没有走远，这么大声有可能会把它们再引回来的！”

布鲁收起笑容，“现在就开始行动！目标是最近的那一艘！记住了吗？”

“记住了！”比尔准备行动了。

他们俩同时起身，弓着腰，溜进停机坪，在一艘艘战舰间穿行。

“什么也没有啊？”士兵甲嘟囔着。

“就是，浪费我的时间。”士兵乙打着哈欠说。

这时，一声尖叫从树林深处传来，两个正在谈话的士兵悚然一惊。

“什么声音？”士兵甲警觉地端起枪，“刚才发生了什么事？”

“我也不知道，是不是……有人被狙击手杀死了？”士兵乙吓得牙齿打战。”

“啊！”尖叫声再度次起。

“嗯？”士兵乙害怕得发抖，“啊，我好害怕呀！”

“这么胆小，还怎么成事？”士兵甲轻蔑地说，“你再好好听听！”

这时，“啊！”又传来一声惊叫。士兵们仔细听了听，对视了一眼。“那不是咱们队长的声音吗？”士兵乙说。

“他不知道又撞上啥了，走吧，去看看发生了什么？”

他们继续往前走，在丛林之中，他们看见了队长。

“啊！啊！”他一脸惊恐地看着地上一个发着光的小玩意儿。

“这不是激光笔吗？”两个人都哑然失笑。

“你们俩还在这愣着干什么？快把这玩意儿从我身边弄走！”小队长惨叫着。

“啪！”士兵甲一脚把那支激光笔踩断了。这位士兵对着断了的激光笔发了会儿呆，忽然大叫一声：“不好，中计了！”

他话音刚落，只听见惊天动地的一声轰鸣，一道强光从空中闪过，一艘战舰消失在茫茫夜色之中。

“嘀嘀！嘀嘀！一级警报！E1977号战舰出逃！再重复一遍，E1977号战舰出逃！”

“开火！”小队长大吼一声，一束束伽玛射线向着战舰射去。

“不管用的。”士兵们嘟囔着。

E1977号战舰上，布鲁和比尔心潮澎湃，他们俩注视着被远远抛在身后的地球。

“也不知道能不能再回去了。”布鲁的语气中有一丝悲伤。

正在这时，“嘀！嘀！”两声短促的警报响起，在雷达界面上突然冒出无数个小红点！

“他们的战舰追上来了！”布鲁尖叫一声。

“多少艘？”比尔问道。

“一千艘！”

“能甩掉吗？”

“不能，它们的平均速度是光速的百分之二十。”

“你的意思是说，咱们无路可走了吗？”

“不是，还有一种方法，只不过比较冒险！”布鲁说着，举手在一个按钮上重重一拍。比尔定睛一看，按钮上写着四个字：星际穿越。

“这真是个好主意，布鲁！”比尔的声音里隐隐有一丝激动。

虚拟的太空地图出现在布鲁和比尔面前，一个名为 NQP185 的行星吸引了布鲁，他轻轻触碰了一下这颗行星。

关于这颗行星的介绍立刻弹了出来：NQP185 类地行星，距离地球十光年，隶属于直布陀罗星区，有水、大气层、成土母质，适宜人类居住的程度——四星。

“那就去这儿了！”布鲁大叫一声，又点击了一下这颗行星，“即将开始星际穿越，倒计时：三、二、一！”

在新型牛的旗舰上。

“任务完成得怎么样了？”一个指挥官问它的下属。

“马上，再过半分钟，我们就可以侵入那艘战舰的系统了。”下属回答道，“咦，这是什么情况？信号中断？”

“他们一定是穿越到了另一个星系，”指挥官失望地说，“别追了，返航吧，真是的，白白浪费两吨燃料……”

星际穿越开始后，宇宙就好像被一只巨手揉碎了，布鲁痴迷地看着。不过，这种景象只持续了半分钟，不一会儿，他们已经来到了 NPQ185 行星的上空。

“是否选择降落？发现类人生物，智商极高。”优美的人声响起。

“降落！”比尔不假思索道。

战舰降落在一间小屋旁边，布鲁和比尔下了战舰，走到了小屋前，他们轻轻地叩了叩门。

“谁呀？”一个女人开了门，看见这人，布鲁和比尔都惊叫了起来：“妈妈！”

他俩的妈妈也十分惊讶，更多的是高兴，“孩子！”她伸出手臂，紧紧地抱住他们俩。

拥抱完之后，布鲁问妈妈：“妈妈，我亲眼看见您和爸爸消失在白光之中，怎么会出现在这里？”

“那并不代表我们消失了呀！”妈妈笑了，“我们只不过按下了你爸爸设计的空间转换器而已。好了，先进屋去吧，这里一定会让你们大吃一惊的！”一边说着，她一边把布鲁和比尔拉进了屋里。

在新型牛的战舰上。

将军正在静静地思考。

一个下属推开门，怯生生地说：“将军……”

将军猛地抬头，一双眼睛死死地盯着它，下属心里不禁有些发毛。

下属清了清喉咙说：“我们刚刚发现了那艘战舰的踪迹，它在NPQ185行星上，距离我们十光年。”

“另外，那两位被我们追杀的科学家夫妻，也出现在了NPQ185行星上。”

“事情变得更有趣了……”将军从巨大的扶手椅上站起，在船舱里踱来踱去。

“你可以出去了。”将军摆了摆手，下属急忙一躬身，带上门退了出去。

将军站在窗前，窗外是一望无垠的太空。

布鲁和比尔的冒险还没结束，这只是一个开始，迎接他们的是不可知的未来，就如同深邃的太空一样……

国宝旅行记

我是渎山大玉海，一件国宝。我是用一块重达五吨的玉制成的。在经历了许多坎坷之后，我终于回到了自己的家。

我的一生十分传奇。从国宝沦落为道士们腌菜的大缸；再被烧个浑身焦黑；但是，我福大命大，每次都能逃过一劫。

现在，我打开心扉，为大家讲述我的故事。

在很久很久以前，我只是一块重达五吨的天然玉石，我几乎是玉石家族中个头最大的一个。我通身碧绿，处处散发着美丽。

过了好久好久，一个叫成吉思汗的人发现了我，把我带了回去。

他把我带到了一个十分漂亮的地方，这里的装饰都是一种亮晶晶的东西，后来我才知道那便是黄金。

我从小到大都没有见过这么华丽的地方。在我们家乡，只有大量的石头，没有黄金。我觉得这里的一切都很神奇。

有一天，一些人手里拿着刀子、锤子、凿子等工具将我围了起来，叽叽喳喳说了一通奇怪的语言。过了一会儿，只见他们一起点头，似乎达成了一致的意见。然后，他们纷纷举起手中的工具，在我身上开始了漫长的雕刻。

经过了五年的痛苦历程，雕刻终于结束了。我的身上被雕满了花纹，中间也被挖空了。那时，我只是认为自己解脱了，其实，我的生命被赋予了新的意义。

过了几天，我的身体里面被倒进了一些液体，这种液体特别香，它的名字叫酒。

从此以后，每天都有人来我这里饮酒。每次来的时候，他们总要夸奖我一番。那个叫成吉思汗的人更是对我宠爱有加。所有人对我都是小心翼翼的，时间一长，我就骄傲起来，认为自己真是个稀罕物。

过了一百多年，天下大乱，战火纷飞，我迫不得已离开了富丽的皇宫，开始了流浪的生活。

后来，一个老道士蹦到了无家可归的我。他一看见我这个大家伙，顿时笑逐颜开："我那儿正好缺一个腌菜的大缸，把这个大家伙带回去不就成了？真是得来全不费工夫啊！"

就这样，那个老道士把我带了回去。一进门，一股刺鼻的味道扑面而来。咳咳，这真是太难闻了！他把我往桌子上一放，然后，就喊来了一群年轻的小道士。他们端起了一盆一盆的萝卜，往我的大肚子里不停地倒。倒完了，又在我身上压上了两块大大的石头！唉，真不知道他们要干什么，难道还怕我飞了不成？

日复一日，年复一年。我在这个枯燥乏味的地方生活了好长时间。没有豪华的房屋，没有黄金宝石，没有琼浆玉液，只有各种腌菜相伴。在这里，我度过了青年时期，我那颗高贵而炽热的心，渐渐冷静下来，变得坚定而平和。

不知道过了多少年，这宁静的生活又被打破了。那天，我所在的房间里突然燃起了熊熊大火，烈焰吞噬了我的身体，我在大火里渐渐地失去了意识……

之后我在黑暗中度过了一段艰难的岁月。直到有一天，我慢慢地睁开了眼，看见了奢华的宫殿，还有一个神情激动的人，他独自说着："这真的是渎山大玉海吗？这真的是渎山大玉海吗？"

我感动得哭了，终于有人认出我了，我是不是回家了？

此人是清朝的一位皇帝，天生喜爱珍宝。他把我放到一个面积更大、更加豪华的宫殿里，这座宫殿就是圆明园。

我在这里生活了一段时间，几乎每天都是在幸福中度过的。我也希望能在此地享受快乐的晚年，安稳地度过余生。

可好景不长，一群相貌奇怪的人闯进了圆明园。他们烧杀抢掠，无恶不作。我惊恐地看着他们搬走了我的一个又一个同伴，我以为这次会是自己生命的终点了。不过，幸运又一次降临了，我不仅活了下来，还再次获救。

现在，我还在那座城市，安详而又宁静地生活着。

我的故事就要结束了，你是不是觉得我的经历很惊险？我的一生见识了历史的兴衰，岁月的变迁。我体会到，无论繁华还是平淡，都要有一颗坚定的心。

松狮流浪记

在两千多年前的汉朝，一个月黑风高的夜晚，一支部队正在默默地前进。

夜深了，月亮高高地挂在天空，一阵低回婉转的羌笛声传来，士兵们面带倦容，纷纷停住脚步，思乡之情蔓延开来。将军心中暗叫不好，叹了口气，“扎营吧！”

这支部队，已经在茫茫大漠里行走了三天，粮食越来越少，途中还遇到了匈奴的一支小部队，又被劫去了不少粮草。将军贪功冒进，士兵思乡心切，让这支部队陷入了战争的沼泽中难以自拔。

部队很快扎营，士兵们纷纷入睡，只是在夜里，不时传来一阵阵狗叫声。

这真是奇怪，军队里难道还能养狗吗？

的确要养狗，但是，这里的狗可不是为了好玩，而是为了吃。

这支军队里养的狗品种是松狮，它们体重大，肉也多，是填饱肚子的最佳选择。

在这一群即将被杀死的松狮狗中有一只特别聪明，叫作巧巧。它早就发现它们将被杀的命运。在前两天，它们每天都能混上一口吃的。可现在什么也没有了。

此时，大部分狗都趴在地上睡着了，可巧巧一直用爪子在地上划来划去，它正在计划出逃。

它看着脖子上的皮项圈想，“应该能把它咬开。”巧巧用尖利的牙齿狠命地撕咬。这时它听到一声大叫：“这只狗要逃跑了！”

巧巧大吃一惊，一转头，看见一个士兵模样的人，提着一把刀走了过来，“先宰了这一只尝尝，看看味道怎么样！”说着就要动手。突然，一阵马蹄声传来，接着是一声大喊：“胡人闯进大营了！”士兵顿时一阵慌乱。趁着军队慌乱的瞬间，巧巧咬断了皮套，奔向了自由的世界。

巧巧一路狂奔，跑到了一片荒野上，这时才注意到肚子咕咕叫，“或许我可以去抓一只兔子来吃。”巧巧想着，一抬头，一只奔跑的野兔恰好进入了它的视线，它迅速向着野兔扑去。野兔七拐八拐地钻进了一个地洞，巧巧累得气喘吁吁。

“这该怎么办呢？”巧巧大伤脑筋。这时，它灵光一闪，巧巧先堵住了兔子洞的另外两个出口，只留一条出路，然后跑到水塘边用叶子掬起一捧水，倒进兔子洞中，这样反反复复了很多次。最后，巧巧趴在地上，等着兔子出来。

兔子刚歇了口气，忽然，水从洞口灌了进来，它惊慌失措地从巧巧把守的洞口跳了出来，巧巧一下将野兔按倒在地。

果腹之后，巧巧真的好累，“我要睡觉了。”巧巧慢慢地闭上了眼睛。

巧巧做了一个梦，梦见它正依偎在妈妈的怀里，妈妈正在给它讲故事，巧巧觉得浑身舒坦。忽然，妈妈身子一扭，竟然变成了那个凶残的士兵！他浑身上下血淋淋的，自己提着自己的脑袋说：“要不是你，我现在还活着。”

“这和我有什么关系。”巧巧挣扎着，一骨碌从地上爬起来，没有妈妈，也没有凶神恶煞的士兵，只有一只小老鼠眨着亮晶晶的眼睛看着它。

巧巧甩了甩脑门上的冷汗，突然想起妈妈之前讲的传说：在遥远的西方，有一个脱离大陆的小岛，小岛上人迹罕至，适宜犬类生活。

“要不，我就去那里吧！”巧巧自言自语道，“那些穷凶极恶的士兵肯定找不到我。”它凭借天空中高悬的太阳定位，向西走去。

巧巧在海里游着。很多天后，它发现了一个小岛。它已经没有力气了，只想好好地歇一歇。它费了九牛二虎之力，终于爬上了岸，岸上树木参天，这里真不错！

巧巧在岸上轻快地跑动，树林里枝繁叶茂，巧巧看了一圈，没有发现任何危险的动物，它成了这片小小天地里真正的主人！

在这里，巧巧快乐地生活着。

第二年，这个小岛上来了一只母松狮，它们两个在岛上繁衍生息。渐渐地，松狮犬多了起来，遍布小岛的各个角落。松狮犬在这个不知名的小岛上兴盛起来。

又不知过了几年，一群人来到了岛上。他们对松狮并不感兴趣。松狮们对这些人也敬而远之。

很多年之后，巧巧早已作古。这时，一位女王喜欢上了松狮犬，这位女王就是大名鼎鼎的维多利亚。

巧巧不仅改变了自己的命运，还改变了儿女们的命运，让它们都免遭杀身之祸。

松狮犬也终于摆脱了成为肉罐头的宿命，成了人见人爱的宠物狗！

出售时间的商店

在咪咕街，又新开了一家神秘商店。咪咕街的人见多了各种商店，什么玩具店、水果店、蔬菜店，啥没见过？

但是，没有门，只有高大的落地窗的商店，咪咕街的人们可真没见过。不过人们对此也毫不关心。他们需要时间，一心想着挣钱。

在忙碌的人群里，小西奥每天都十分悠闲。他不必每天去上学，因为学校太远了。因此，小西奥的日子过得无忧无虑，十分快活。

这天，小西奥发现一个商店前挤满了人。这是怎么回事呢？瘦瘦小小的他挤进了人群，原来是那家神秘商店开张了！阳光下，招牌金光闪闪，上面写着：时间商店。

可是这个商店没有大门，还是只有那面高高的落地窗。

“时间商店！时间怎么出售？”小西奥心存疑惑，在一旁小心地观察着。他发现人们只要一靠近落地窗，瞬间就会消失，好像那面落地窗将人吸了进去。小西奥觉得害怕，可他还是忍不住向前走。在靠近落地窗时，他只感觉一阵天旋地转，五脏六腑都似乎要被吐出来了。终于，小西奥站在了商店里面。

商店里装饰得金碧辉煌。精致的小桌子上摆着茶点和饮料。这是商店吗？小西奥十分不解。就在这时，小西奥看见了摆放在墙边的一长排柜子，柜子的每个格子里都放着一块或几块表，那就是时间吗？

小西奥站在一个墙角，注视着来来往往的人。那些有钱人的桌上的点心非常精美，而给那些穷苦人的零食简直像猪食。

因此，穷苦人不满，纷纷离席而去。不过，这些空位子又很快被富人占据了。一个个衣着华丽的侍者，跳舞般在桌子间穿梭。小西奥静静地看着，侍者走后，每张桌子上都会留下一张表格。小西奥很好奇，他壮着胆子，在一张没有人的桌子上偷偷拿了一张，溜到墙角打开一看，这是一张时间价目表：

一秒钟等于一百五十美元，一分钟等于三千美元，一刻钟等于六千美元……

多么昂贵呀！小西奥吐了吐舌头，这也同时激起了他的好奇心。

这是一家多么神秘的商店，竟能将时间明码标价。他决定悄悄跟踪一个侍者，看看他们是怎么卖时间的。

那个侍者在走廊里左拐右拐，然后走进了一堵厚厚的石墙里。小西奥吓了一跳，不过他试了试，竟然也穿过了石墙。

这里俨然又是另一个世界，黑色的走廊如同迷宫一般曲折。在高高的石墙上挂着一排锈得不成样子的油灯。油灯发出微弱的淡黄色光，火苗不停地跳动着，就像传说中的鬼火一样飘忽不定。那个侍者在走廊的尽头处一拐便消失不见了。

小西奥快步走到走廊的尽头，忽然愣住了。构成那条路的，竟只是三根粗壮的铁索！

小西奥迟疑了一两秒，然后猛地跳上了铁索，飞快地向对岸滑去。

“砰”的一声，小西奥重重地摔到了地上。他也顾不上疼，爬起来准备继续去追侍者的时候，忽然听到了一阵议论声。他蹑手蹑脚地躲到了一面墙后，听着里面的谈话。

“看来这里的人中计了。”

“还以为我们时间大盗真会的卖给他们时间？哈哈……”

墙里传来了一阵冷笑，听得小西奥头皮直发麻。

“那是，这些时间，其实就是他们自己的！”

“他们还以为他们花大价钱买时间赚了哩！”

墙里的人们有说有笑，好像十分开心的样子。过了一会儿，响起了推椅子起身的声音。小西奥想要逃跑，可是，第一个时间大盗已经从墙里钻了出来，他看着小西奥惊讶得说不出话来。

“啊，天啊……伙计们，这……里……竟然有，有一个小孩子！”那个人结结巴巴地说。

随后，更多的时间大盗从墙里钻了出来。他们看见了小西奥，都是一副惊讶的表情。其中一人开口了：“如果他把我们的秘密公之于众，会发生什么？”

“那我们会完蛋的！”

“那还不快抓住他！”

时间大盗们都呼喊着向小西奥奔来。小西奥用眼一扫，发现不远处有一扇小门，他推开小门跑了进去。

小门里有一个巨大的钟表，钟表上有一个按钮。这时，时间大盗们已经追了过来。小西奥狠狠地将按钮按下。钟表里的齿轮发出吱嘎吱嘎的响声，里面的螺丝钉飞迸了出来。链条从机芯里伸了出来击碎了玻璃，时间大盗四处奔逃，可是仍旧逃不过被链条绞住的厄运。

很快，时间大盗们都被链条缠了起来。“砰”的一声，链条又缩了回去，时间大盗们也不见了踪影。

时间商店也开始收缩，人们和小西奥都被弹了出去。人们趴在人行道上，慢慢爬起来，拍拍土，然后走了。他们以为自己拥有了好多好多的时间，所以他们都不再着急慌张，走得很慢。

只有小西奥知道这是怎么回事。

自那之后，再也没有人承认这家商店存在过了。只有我相信，当然我也不希望再有任何一个人，再次陷入时间的危机和圈套！

袜子历险记

1

在一台巨大的洗衣机里，有各种各样的衣服——裤子、T 恤、牛仔。

当然，还有一双袜子！

这双袜子中，一只叫杰西，另一只叫汤姆。它们是非常非常好的朋友。

洗衣机隆隆地响着，转着，不一会儿，衣服就都洗好了。

一双手将杰西和汤姆拎了出来。它俩都被挂在了阳台上高高的晾衣架上。此时，月亮和星星们都已沉沉入睡，四周都黑漆漆的，什么也看不见。

也许是在洗衣机里转得太快，也许是太累了，杰西和汤姆很快就进入了甜美的梦乡……

这个阳台无遮无拦，每到下雨，这里就会狂风怒号，雨点也噼里啪啦地在地板上肆意地舞蹈。

这天夜里，又下起了大雨，刮起了大风。

晾衣架发出刺耳的“嘎嘎”声，杰西和汤姆在风中飘舞。

突然，“咔吧”一声，那是晾衣架在大风中折断的声音。杰西和汤姆就这样被狂风从阳台上吹了出去。

2

杰西在狂风中渐渐苏醒了，它感到十分惊讶。“我这是到了哪了？”它自言自语道，“我本来是在晾衣架上的，我怎么会在天上？救命呀！我恐高啊！”

杰西在大风中沉浮。一会儿几乎可以触到蓝天，一会儿又快要在地上搁浅。甚至有一次，它差一点点就撞上了一只嘴里衔着泥、在空中高速飞行的燕子。那只燕子看到杰西惊讶地张开了嘴，嘴里衔着的一块泥落到了杰西身上。

杰西真是难受极了，汤姆在哪里呢？它总能给予杰西莫大的安慰。

再看看汤姆，它同样在风中飘飘荡荡，但它十分享受这次意外的旅行。此时，它正一边在风中飞舞，一边欣赏风景。

“这里的风景实在是太美了！”汤姆想，“四处都是美丽的山，清澈的水！”汤姆不知道，它早已飞出了它居住的小镇。

风势渐渐变小，汤姆开始下落。

下面是一条水流湍急的小河，河水清亮清亮的，汤姆望下去，可以照见自己的影子。

水“哗哗”地不断向前奔去，汤姆也一点点地下坠。

“不要啊！”汤姆大喊道，“我可不要掉进这条河里呀！”

可是在它大声喊叫的时候，已经一头栽进湍急的河水里了。

3

这条小河叫奔水河。

世世代代在这里生活的鱼儿都这么叫它。这里几乎没有外来生物，所有的鱼儿都平静地生活着。

直到今天，一个不速之“袜”突然闯入了它们的地盘。

所有的鱼都聚在了一起，好奇地看着在水里缓缓下沉的不明生物。

“你是谁？”一条鱼游了过去，小心翼翼地问。

“我是被风吹来的。”汤姆呜哇呜哇地说着。可能是因为在水里的缘故，汤姆的话讲得很不清楚，听起来就像“呜呜”地乱叫。

那条鱼游回了鱼群，说：“它说的话十分奇怪，我一点儿也听不懂。”

鱼群一阵骚动，一条看起来好像是首领的鱼喝道：“肃静！肃静！”

窃窃私语声消失了，一双双鱼眼都盯着首领。首领“吭吭”了两声说：“这个不明物体看来特别像人类丢弃的袋子。它似乎十分适合来做睡袋，谁还没有睡袋，过来领一下！”

鱼群平静了下来，过了一会儿，汤姆看见一条瘦瘦小小的鱼游了过来。汤姆看着觉得有点儿眼熟。“它好像就是刚才那条游过来和我说话的小鱼。”汤姆想。

小鱼游了过来，将汤姆拖到泥沙里。

“好了，现在你是我的了。”小鱼说，“我叫表表，我知道你是活物，说说吧，讲讲你的故事。”

汤姆沉默了一会儿，它想确认它说话是否仍然清晰流利。“哈！”汤姆使劲地喊了一声。

小鱼被吓了一跳，“你这是什么意思？”

“哦，我只不过是想试一试，我说话是否清楚。”

“蛮清楚的，你开始吧。”

“呃，我生活在一个人类家庭里，我叫汤姆，是一只袜子……”

“停，什么是袜子呀？我从来没听说过袜子。”

“袜子，就是人类在脚上穿的东西，套在脚上。”

汤姆开始讲述它的旅行故事。表表听得十分认真。听完之后，表表说：“呃……我想，我应该帮你找到你说的杰西，另一只袜子。”

“真的吗？太好了！”汤姆高兴地说。

4

表表将汤姆的事情告诉了首领。首领沉默了一会儿说：“既然这样，我就把鱼群召集在一起，开一个会，看看如何才能帮到汤姆。”要知道奔水河的鱼儿们可是十分好心的，看见有什么可怜的家伙，它们都会出手相助。

鱼儿们聚在一起，当它们知道了汤姆的经历后，都表示愿意帮汤姆找到杰西。

可是，如何去找呢？

鱼儿们七嘴八舌，各执一词。

有的说让汤姆沿着奔水河一路漂流；有的说，让鸟儿带走汤姆；还有的说，让风带着汤姆再去旅行一次！

就在这个时候，一只鸟儿飞过水面，鱼儿们请求它将汤姆带走，那只鸟儿答应了。

其实这只鸟儿并不是真的想要帮助汤姆，它只是觉得汤姆特别适合筑巢。因为就在前两天，它刚刚下了几枚蛋，汤姆正好可以作为宝宝们的摇篮。

它带着汤姆，飞过了一座高山，来到了一片树林，这里绿树成荫，充满活力。汤姆感到十分舒畅，尽管它被鸟儿的爪子抓得很疼。

那只鸟儿把汤姆挂在高高的树枝上。汤姆左看看，右看看，感到十分新奇。“一会儿，我就能见到杰西了！”汤姆高兴地想着。这只可怜的小袜子还不知道，它上当受骗了！

鸟儿在汤姆身上忙来忙去，一会儿往里面塞一些枯枝败叶，一会儿又塞点儿泥巴，汤姆的身子渐渐鼓了起来，最后鸟儿把它的三枚蛋小心地放进了它精心制作的巢里。

汤姆开始着急了，为什么到现在还没看见杰西的影子呢？它只感觉自己的身体渐渐膨胀起来，这是出了什么事？

“我的朋友呢？它为什么还不来？”汤姆沉不住气了。

“你的朋友？”鸟儿冷冷地说，“我可不认识它，你再也见不到它了。现在，你是我的巢！我是你的主人，我叫你干什么，你就得干什么，听见了没有？”

“你不能这样！”汤姆着急地说，“你不是说好了要帮我找到杰西吗？”

“哼。”鸟儿发出了一声冷笑，“你是多么好的筑巢材料啊！没有一只鸟儿会放着你不用而傻乎乎地将你送回去！死了这条心吧，小东西！”

“话可不能这么说，我身上可放着你的宝宝……”汤姆说。

“你敢！”鸟儿气急败坏，“我要给你啄两个洞！”说完，它就用它尖利的喙啄了汤姆两下。

汤姆身上立刻出现了两个大洞，虽然汤姆不会像人类那样流出鲜红的血，但它也是有痛觉的。“啊！”它大叫道。

“哼。”鸟儿阴森森地笑了，“现在知道……”它刻薄的讽刺还没说完，便转成了极度的恐惧，“求求你！”它大叫，“求求你，不要这样，不要这样！”

只见汤姆因为剧痛而不停地摇晃，它那珍贵的蛋宝宝，也在剧烈的摇晃中掉了下去……

鸟儿如离弦之箭，飞快地飞向蛋宝宝。可是，就在它要追上的时候，可怜的蛋还是落到了地上，发出了破碎的声音。

蛋清和蛋黄从蛋壳中缓缓地流了出来，不幸的鸟儿伏在地上，留下无尽的悲哀。

汤姆身体里塞的东西，也慢慢掉了出来。它感觉风呼啸着钻入它的体内。“我要飞起来了！”汤姆高兴地想。

汤姆启程了，又一次新的旅程。

5

现在，让我们暂且把目光转到杰西身上，看看它到了哪儿。

杰西的旅程可长多了，它乘着大风一路上升，漂洋过海，竟然到了南极！

南极极寒，它被一阵阵冷风刮得昏了过去……

等它再醒来时，它身边围着一大群肚皮白，后背、头都是黑色的家伙。它们都长着两只翅膀，还有两只短短的、可爱的脚。

“这是什么？”一只企鹅问，杰西知道这是企鹅，它在以前主人的书上看见过。“肯定是一条鱼！”另一只企鹅说。

“那你就吃掉它！”又有一只企鹅说。

这只企鹅刚想把杰西吞下肚子，杰西大喊：“喂，别吃我呀！我可不是什么鱼！”

“呸呸！”企鹅吐出了杰西，“真难吃，全是毛毛，呸，呸！”

“我当然不能吃。”杰西镇静极了。

企鹅没有理会杰西，它们大声嚷嚷：“你到底是什么东西？”

“我是一只袜子！”

“袜子？我好像见过，但袜子都是成双成对的，为什么你就一只呢？”

“我和另一只失散了，当然就只剩下一只了。”杰西难过地说。

“另一只呢？”

“它叫汤姆，我恐怕再也见不到它了。我都已经漂洋过海了，估计再也回不去了！”杰西哭了起来。

南极下起了暴风雪。狂风掺杂着雪粒向企鹅扑来。企鹅群顿时变得模模糊糊的，看不清了。

“喂喂？有人吗？”杰西大叫，“企鹅？企鹅？请问你们能听见吗？”可是，企鹅们再也听不见了，一阵狂风又将杰西卷走，飞到了雪花飘舞的天空。

6

杰西醒来时，惊讶地发现自己躺在一张大床上，在大床的旁边，还躺着另一只袜子。那只袜子身上有两个大大的洞，但是，颜色和自己一模一样，形状也一样，难道它是……

如果杰西有脚的话，一定会跳起来。“汤姆！”杰西大喊。

“杰西？”汤姆说，“你回来了？你是怎么回来的？”

“我被风刮回来了。”杰西说，“你身上为什么有两个洞？”

“哦，这可说来话长了，”汤姆说，“这是被鸟啄的。”

这时，一只手将汤姆拎了起来。“这只袜子怎么这么脏，身上还破了两个洞，趁早把它扔了吧。”

“不，妈妈！”一个小孩子说，“这袜子挺好的，只是破了两个洞。”

“好吧，”那个女人说，“拗不过你，晚上我给你补一下。真不知道一双破袜子有什么好留的。”

晚上，杰西看着汤姆被女人缝补着。一针，两针，三针……终于，汤姆身上的两个大洞被缝好了。

虽然两块补丁十分显眼，但总比两个洞好多了。

第二天，杰西和汤姆又进了洗衣机，两个朋友在里面高兴极了。

晚上，杰西和汤姆又被挂上了晾衣架。

“一次新的旅程即将开始！”杰西和汤姆会心一笑，望着夜空中冲它们眨眼睛的星星，期待着一段愉快的旅程。

动物回归做主人

公元 2700 年，地球上所有的人类都远走高飞。

为什么?

因为地球上的资源不够用了，石油、煤炭、核能全都用完了。

即使地球上的五万个潮汐发电站和十五万个太阳能发电站不眠不休地连干十五天，也只不过能供人类使用一天。

人类从不同的机场搭乘星际航行飞机，飞往目的地 NPQ185 行星。

地球上的所有城市都一片死寂。

在森林里则大不相同。

青蛙呱呱地叫了两声，好像要引起人们的注意。

“开会了！开会了！”乌鸦破锣一般的声音响起。

过了一会儿，所有的动物都来到了一块空地上。

老虎伸了个懒腰，一跃而起，跳上了一块大石头。

“朋友们！”老虎大吼一声，“在此，我要向大家宣布一个特大的好消息！”

安静的动物们微微有些激动。

“人类——搬走了！”老虎说。

动物们爆发出一阵欢呼：“太好了！”

“从今天起，我们就是地球的主人了！”老虎继续说着，“让我们走进城市，体验最新的科技！”

动物们沸腾了，“走哇，去城市！”

“可是，我们要如何去城市呢？”不知是谁问了一句。

一下子，动物们又都安静了下来。

这时，一只小黑叶猴跳了出来，“我听说六百多年前的人们是乘火车去城市的，离我们这儿不远就有一个废弃的火车站，那里应该有火车！”

“那你会开吗？”老虎问道。

“我……”小猴挠了挠头皮，“我想，应该会开吧……”

“那好！去火车站！”老虎说。

动物们浩浩荡荡地奔向火车站，那情景是相当壮观的。

果然和小猴说的一样。一列火车停在那里。只不过它看上去锈迹斑斑，早已被废弃了。

所有的动物都挤上了火车，“呜——”汽笛一声长鸣，火车开了。不过，火车总是摇摇晃晃的，让所有动物都心惊肉跳。

一个小时后，火车停了。

所有的动物都下了车，他们都无比震惊。

一只只巨大的虫子（无轨电车），在半空中飞来飞去，高楼林立，道路纵横。

老虎感叹道：“看来我们都落伍了！”说完，拿出相机，“咔咔咔”连拍数张。

“好了，”老虎大吼一声，“都进楼房里去吧，明天早上咱们再开个碰头会。”

第二天早上，所有的动物都来了，可是，它们个个大都挂了彩，有的瘸了腿，有的磕了脚，甚至还有一只小黑猴是被担架抬过来的！

老虎皱眉，“你们这都怎么啦？”

动物们七嘴八舌，诉说着自己的不幸遭遇。

原来那只小黑猴进到一间房里，左看看右摸摸感觉十分好奇。

这时，一个闪着蓝光的东西吸引了小黑猴的注意力，它一把抓起……

“啪！”小猴哆嗦了一下，重重地倒在了地上。所以只能被抬着来了。

这个蓝东西是快速充电棒，它会瞬间放出电流，在一两分钟内给电子设备充满电。

老虎听了动物们七嘴八舌的议论，又皱了皱眉，说："我不是对你们说过，不论干什么都要先看说明书吗？"

动物们互相看了看沉默不语。

"都回去吧！"老虎叹了口气，一挥爪，动物们都走了。

又过了几天，动物们的伤情还在增多，有的是开飞车从上面掉了下来，有的是被电动螺丝刀划伤了，老虎觉得，是该管管了。

老虎大吼一声："所有动物，集合！"

老虎气愤地说："我告诉过你们，要仔细地阅读说明书，可你们呢？读了吗？！"

动物们都低下了头。

老虎说："我从家里找来了一本介绍各种高科技用品的书，你们互相传阅，学习学习吧！"

通过学习，动物们终于适应了城市。他们现在常常举行飞车大赛，再也没有动物会摔下飞车了。

他们常常用电动螺丝刀修理东西。

就这样，人类从动物们手中夺来的地球，又如此这般还给了动物们，还给了自然。

月亮想变成一条船

月亮在天上待久了，觉得十分无聊。于是她决定变成一条船到地面上转一转。

这个想法的确可以实现。因为月亮有时候真的很像一条船，而且她还会飞，能飞到地面上。可现在月亮还是一个大圆盘。

月亮想，再等一阵子吧。终于，她变成了小船的模样，开开心心地飞了下去。

她降落在一个大湖里，游人见了十分惊异。他们没见过这么美丽的小船！鹅黄色的，还发着柔和的光。游人们大声赞叹："多美的一条船啊！多美的一条船啊！"

月亮听了，骄傲得都要飘起来了。她忘乎所以地向岸边漂去。

正在这时，月亮感到自己被什么东西拴住了，动弹不得。她回头一看，不禁大吃一惊！

她看到人们正在用一条绳子将她慢慢地拉向岸边，当她靠岸后，这些人迫不及待地坐在了她身上。

刚开始，月亮还能承受住人们的重量，慢慢地，月亮越来越感到力不从心了。又过了一会儿，月亮实在是太累了，她开始慢慢地往下沉。

船上的人们大惊失色，“救命啊！”“船要沉了！”“啊，我不要死！”各种呼喊声乱作一团。有的人甚至“扑通”一声跳下水，有的人争抢着唯一的救生衣。

月亮使出最后一点力气，艰难地向岸边漂去……

最后，所有人都获救了，但月亮却永久地沉入了湖底。

虽然身处湖底，月亮还是一如既往地发光。因此绿莹莹的湖面开始发出幽幽的蓝光，在四周树木的映衬下，显得格外美丽。

天上的星星看到了这个美丽的湖泊纷纷落下来，在这个湖里嬉戏，流连忘返。

从此，这个湖就被叫做星星湖。

每个来这里的游客，都会称赞星星湖的美丽与神奇。人们早已忘记了，在这个湖的湖底，有一个单纯的月亮，她只想变成一条船。

生活随笔篇

爸爸陪我去减肥

“儿子，走啦，陪爸爸去减肥。”吃完饭后，爸爸对我说。

“什么？”我冲爸爸翻了翻白眼，不紧不慢地端起盘子，将剩下的饼渣全都倒进了粥里，心中暗想：哼，真是咄咄怪事，刚刚还有两个烧饼，为何我刚吃完一个再抬头看就没有了？一定是爸爸，最近爸爸怎么吃得这么多？

“儿子，走啦，陪爸爸去减肥！”爸爸又喊了一遍。

一听这话，我手中的盘子“咣当”一声放在了桌上，“不行！”我大叫起来，“我有很多作业，这么多功课，我可不能去！”

“儿子，你可是老爸的第一动力。走吧，儿子！”我看了看爸爸吃得圆滚滚的肚子，心一横，牙一咬，“好吧。”我把这两个字从牙缝里挤了出来。

和爸爸出去以后，我左看看，右看看，感觉比坐在书桌前好多了，暗想：出来走走，还真是不错！

走着走着，我和爸爸来到了附近的广场开始跳远，爸爸轻轻一跳，就越过了三块砖。我费了九牛二虎之力，才终于让脚尖碰到了一块半砖的位置。

“不行，我还要继续跳！”我给自己打气。又过了五分钟，我终于让脚尖碰到了第二块砖，可老爸的脚后跟已经碰到了第三块砖，这差距几乎就是一米了呢！

我回头去看爸爸，只见他正在几个石礅上上下翻飞，爸爸从地上一跃而起，轻松地跳上一个石礅，然后，又从一个石礅“飞”到另一个石礅，就这样往返了几次。我看了看自己的腿，给我一百块钱我也上不去，实在是心有余而力不足呀。同时，我也不禁感叹：为什么人与人之间的差距就这么大呢？

在回去的路上，爸爸一边走一边跳起来够路边树上的树叶，只见他轻轻一跳，一片叶子就被他碰到了。我跳呀跳，结果一片叶子也没摸到。

回到家后，我和爸爸都气喘吁吁。我奋战到八点半才终于把那些作业写完。

第二天，爸爸就嚷嚷开了，说他自己腿疼，拉伤了筋，他声称自己不能再做太过剧烈的运动。于是，他每天只蹦两三次高，跳一次远，再后来越来越少，成了我一个人在跳。原来是和爸爸唱“对台戏”，现在成我唱“独角戏了”。哎呀，不是我说你，老爸，凡事贵在坚持，您这三天打鱼，两天晒网，这肚子能小吗？

再之后，每当我对他进行思想教育时，他总是拿出“吃完饭后，不宜剧烈运动，容易导致阑尾炎、胃下垂”等等这些理由来压我，还振振有词：“我一下能跳三块砖，你一下只能跳一块砖，还有，你的姿势也不对，没有使足劲，所以，我跳一次，就顶你跳好几次了！”可当初到底是谁非拉着我出来呀！

“老爸，这到底是我在减肥，还是您老人家在减肥呀？这都快成我在减肥了！你必须要加强运动了，加强锻炼！”还有爸爸惊人的食量，就拿上次来说吧，妈妈买回来十个小包子，香气扑鼻。我刚吃了两个，正要拿第三个，我的手在袋子里搜索了一圈，“报告长官，包子一个不剩！”我的手向我汇报完毕。

“还真是怪事，包子怎么会没了呢？”我把袋子翻了个底朝天，正在这时，我看见了老爸的嘴上油光锃亮，“老爸，你看见那些包子了吗？”

“这真是奇怪，”老爸装出一副无辜的神情，“刚才还在呢，是不是妈妈把它们偷吃了？”

“你骗人！”我大叫道，“妈妈刚才在刷牙，她怎么会吃包子呢？”

“呃，那个……”爸爸显得有些慌乱。

最后，在我的逼问下，爸爸终于承认，这几个包子确实是他吃了。我有点生气，又无可奈何，那个晚上只好在饥饿中度过了。

每天晚上，我仍然陪爸爸去减肥，从晚上六点半一直到七点多，几乎没有间断过。到了周末，走的时间变得更长，有时会从七点走到八点多，我跳得也越来越远。

经过日复一日的锻炼，一个多月后，终于有了效果，战绩十分辉煌——我瘦了五斤，爸爸成功增肥五斤！“什么？我的耳朵没有骗我吧！”哈哈，我真瘦了！你们忘了看题目了吗？是“爸爸陪我去减肥”。其实，爸爸陪我走路，陪我跳远，甚至抢我的饭吃，都是在帮着我减肥，因为爸爸从来都不胖！

爸爸和我忆童年

说起上一代人的童年，大家想起的大多是窝头、挨饿和没有玩具的辛酸。但在我爸爸的嘴中，我却听出一个胜过我们现在千倍万倍、充满了浓浓的自然气息的童年。

听爸爸讲，小时候，他曾与他的小伙伴去偷西瓜。那天晚上，月朗星稀，四周一片寂静，正是偷瓜的好时机。一小队人马鬼鬼祟祟地奔向西瓜地。赶到时，地里黑漆漆的，什么也看不见，他们心中有几分胆怯。忽然，其中一人大喊："这里有个大西瓜！"他们急急忙忙抱起西瓜，一口气跑回村子，举起西瓜，往石头上一摔。"咔嚓！"只见西瓜红中透白，西瓜子像白玉一样——这竟然是一个生瓜！听得我不禁发笑。

爸爸又说起了他做的竹弓。那时候，家里正好有一根竹子，爸爸想把它做成弓。好不容易用它做成了一把弓，却没有弓弦。爸爸为此可是大伤脑筋，他先使用棉丝，可棉丝没有弹性。然后又用细藤，一根当然是不够的。于是，他把几根藤牢牢地缠在一起，总算是弄成了，可惜还是有些勒手。箭用什么呢？铁钉！也算是废物利用了。弓箭制造完成后，厨房的门就成了第一个受害者，它被当成了箭靶子。爸爸可是大发神威，一箭就射穿了房门……嘿嘿，不知道奶奶当时是怎么惩罚他的，爸爸对此只字未提，只吹自己的神勇了。

村子里有一片盐碱地，在这片地里，村民们种了苹果树。那地里的苹果树和现在的可不一样，你从树上摘下一个鲜红的苹果，咬一口，一个虫眼有可能就会出现在你眼前。如果你不注意，那虫子也许会被你吃进肚子里呢！由于苹果品质不好，于是苹果树渐渐地消失了，可奶奶种的那棵却保留着。到结果的时候，爸爸就躺在树荫下，饿了，就从树上扯一个苹果；渴了，旁边还有奔流不息的山泉，掬一捧喝下去，清新怡人。真是不羡神仙羡少年！躺在树下，一扭头，便可看到蚂蚁在忙碌着，你来我往，好不热闹。

在童年，爸爸最珍爱的东西，就是那个 3.5 倍望远镜了。这个望远镜可来之不易。这是爸爸卖了一个暑假冰棍的成果，价值七元钱。或许现在七元钱什么也买不了，在当时可是一笔巨款。买来以后，他爱不释手。夜晚，爸爸就躺在麦堆上，拿着望远镜看星星。当时的夜空十分清朗，用肉眼就能看到好多星星，再加上这个望远镜，能看到的星星比现在的高倍望远镜看到的还多。爸爸觉得整个宇宙都在旋转，并且发出隆隆的巨响。可惜，现在的我们用天文望远镜看星星都看不清楚，那种躺在麦堆上，用最自然的方式迷恋星空的时代已经一去不复返了。

我十分羡慕爸爸的童年。那时的人们与自然为伴，心灵澄静，没有什么杂念。可现在呢？城市变成牢笼，人们都成了笼中的鸽子。以前在我住的老小区里，还存留了三棵高大的梧桐树。在夏天烈日炎炎的时候，人们都爱待在梧桐树下，大人们避暑，孩子们嬉戏。自从我搬了新家，人与人交往的动力变得不足，一直退回到那狭小的笼子里，我几乎都不愿下楼去玩。即使玩，也只是在电脑前一个人玩。住在一栋楼里的朋友，掐指一算，竟然有半年多没见了。有同学或朋友来的时候，也只是做三件事：玩电脑、玩玩具、看电视。没有人提议去亲近大自然了，这难道不是一件令人忧郁的事吗？

或许有人会说：在家里打游戏，不也挺有趣的吗？但是大自然中的一切，难道不更值得我们去亲近吗？我们现在的处境，可以说是“脚不踩大地，头不见青天”。天上被雾霾遮着，地上被厚厚的水泥覆盖，早已失去了原来的模样，甚至连每周可怜的体育课也经常在室内上。

不知道那些寄情山水的文人墨客来到现在的世界，看见满目疮痍的大自然，会作何感想？那青山绿水、红花绿叶、满天星斗，是不是只能在梦中出现？白朴写的“青山绿水，白草红叶黄花”，难道只是词人的臆想？电脑、手机和电视成了我们童年的伴侣，大自然只是爸爸童年回忆中那一个个支离破碎的剪影。

我真希望，我能看到人们回忆中所说的璀璨星空、奔涌的小河。可是，我也渴望拥有一段能自由呼吸的童年时光！

让我又爱又恨的网购

网购对于大部分人来说，是个并不陌生的词，对我来说那就更不陌生了。延续了爸爸妈妈的好传统，我也加入了网购大军，算是小网购达人了。但是，现在网上的奸商层出不穷，这一次，我就险些中了奸商的诡计！

这天，我打着自己的如意小算盘，高高兴兴地打开了电脑，准备搜一搜我心爱的乐高玩具。不用说，照例是上淘宝啦！输入“乐高”二字，立刻出现了海量信息。要在这许多的信息里找到我想要的，真的挺费力气。这时候，一条信息就像磁铁一样，强烈地吸引了我。

那上面写着：最新乐高，仅售三十五元！

那时我真是欣喜若狂，要知道，乐高最便宜的一款也要一百多块，这个才卖三十五元！不是卖家疯了，就是我的幸运女神降临了！

我激动地点开了网页，果然是我心爱的乐高！我翻阅了一遍，感觉怪怪的，似乎哪里不太对劲，却又说不出来。

我又仔细地看了一遍，才看出蹊跷。咦，图怎么不太对？我终于发现了奥秘！商标处的Logo不一样！原版写的是“LEGO”，这款却写的是“博乐”！

我顿时有一种失落感，原来这不是真的呀！我义愤填膺地鄙视道：“真是个奸商！”算了，我失望地关上了网页。

但是，心里还是痒痒，便宜的盗版货频频在我的脑海里出现，因为它实在太有诱惑力了！想想看，这么大的一件，才要三十五元！正版的乐高至少要好几百元！这商家也真是无良，利用我们贪小便宜的心理，诱使大家上当。唉，就连我这样的老网购都深陷其中不能自拔。

这几天，我的内心陷入了深深的纠结之中，仿佛有两个小人儿在我心中打架。一个小人儿说：“支持正品！打击假货！”另一个小人儿说：“盗版和正版长得一模一样，而盗版的经济实惠，不如买盗版的！”

“可是，买了盗版的，是助纣为虐呀！”我心底的正义感再次发出呐喊。我用力捶着桌子，内心无比纠结，我到底该如何选择呢？真是头痛。

我再度进入淘宝，找到了一家卖正版乐高的店铺。咦？这上面写着“1212 庆典”，这是什么意思？对呀，嘿嘿，我怎么忘了，除了双十一，还有双十二呢！

双十二是淘宝网上的一个节日，这一天跟“光棍节”那天一样，好多店铺都会打折的！会不会有五折的优惠呢？

我再度高兴起来，找到了我要的东西，还可以领一张五元的优惠券，页面上写着到双十二那天会降到“？”元。呀，真不错，功夫不负有心人啊，我立刻放弃了盗版货，回到了正版的世界。

终于忍到了双十二这天，我赶快点开了这家店铺，顿时有一种要吐血的感觉。为什么呢？因为它确实降价了，降到了五百七十四元！而它的原价是五百七十五元！仅仅降了一元呀！我又感觉上当了，还是买盗版吧，反正也玩不到一万次，再说也听同学们说买盗版的也没什么。我心中那颗黑暗的小萌芽又有复苏迹象。但是，如果盗版的质量有问题呢？我可是看过“3·15”晚会上曝光过那些黑心塑料的。唉，我简直不敢再想下去了。

没办法，我开始求助于妈妈了。可是妈妈说：这还是你自己决定吧！

最后，在思索了多次之后，我终于作出了最后的决定：买正版！虽然这意味着要支付的钱变多了，但我不再后悔了。

看着不到一天就飞过来的正版乐高，我心里那个美呀。网购呀网购，你真是令我又爱又恨啊！

肚皮爬山记

说起爬山，很多人都会认为十分简单。不就是一个又一个台阶地往上爬吗？但这次你想错了。今天，我就体验了一次真正的爬山。因为我不仅用脚爬了，用手爬了，还用肚子爬了呢！

爸爸带我们来的是一座无名小山，山不高，却没有修好上山路，只有一条不足半米，全是杂草、石头和泥土的羊肠小路，路两边长满了带刺的树，稍不留神就会划破衣服。而且山路全是将近七八十度的陡坡，爬山的时候必须手脚并用才行。

好不容易爬到了半山腰，我实在爬不动了，爸爸就决定下山了。我高兴地说："也没多难嘛。"

爸爸说："先别得意，上山容易下山难。"

能有多难？哼，我不服气，就一马当先下山了。才下了几步，我的神经立马紧绷了起来。还真是和爸爸说的一样，上山容易下山难，上山的时候可以手脚并用，是肚皮朝下。下山的时候就变成肚皮朝上了，那感觉完全不一样，感觉好像在荡秋千，可吓人了。

我有点害怕，想让爸爸拉着我，可是大话都说出去了，男子汉怎么能说话不算话？我就一点一点地挪动着小碎步，生怕滑下去。可越怕什么越来什么。在经过一个长约五米的陡坡时，我本想慢慢地蹭下去，可是又感觉不保险。想了想，上来的时候我是撅着屁股上来的，下山的时候也完全可以撅着屁股下山嘛。对，就这么干。

我一只手抓住一根树枝，一只脚踩在了一块石头上，然后右脚慢慢去找落脚点，感觉右脚终于踩在了一块石头上，心想好了，可以换左脚再下了。

谁知刚这么一想，右脚的石头松了，我一下子失去了重心，想拼命抓住树枝，可关键时刻树枝不争气地断了，也许是我太重了，树枝承受不了我的体重。反正我是屁股朝上，肚皮朝下，身体不受控制地迅速地向下滑去。

这下可大事不妙了，我的大脑一下子停机了。看到身边的景物快速地向后退，耳边还有呼呼的风声，天啊，这山可有几百米高，要是掉到悬崖下面，我可就惨了，万一摔死了怎么办？

幸好我滑下去的地方相对平坦，只有土，没有太多的石头，滑了大概有五六米，坡没那么陡了，我才停了下来，没有一路滚到山脚下。

这可真是连滚带爬地爬山了，我像游泳一样手抓脚踢，关键时刻还是我的又厚又重、就像肉垫一样的大肚子发挥了作用，才及时地刹住了车，看来胖也有胖的好处啊！

就这几秒钟，感觉像是过了极漫长的时间。停下来后，我坐在地上大口喘气，忽然感觉肚子火辣辣地疼了起来，我又惊又怕又疼，一下就大哭起来……

还好爸爸及时赶到了，把我扶了起来，鼓励我男子汉不要怕摔打，我才慢慢不哭了。妈妈也过来安慰我，说我学会了用肚皮爬山，真了不起，我又笑了。

这次与众不同的肚皮爬山带给我太多太多书本上学不到的东西，果然是要读万卷书，行万里路。让我们在生活中走不同的路，不断地去战胜自己！

五点半的铃声

“叮……叮……”一阵急促的铃声响起，我条件反射地一个鲤鱼打挺，灵巧地翻下床。

一把抓起闹钟，把闹铃的开关往下一按，可那刺耳的铃声仍旧源源不断地灌入我的耳朵里。

我晃了晃闹钟，“是不是坏了？”再仔细看了看闹钟，“没事啊。”我心中很是奇怪。

这时，我听见了一个人翻身下床的声音，“是谁呀？”此时，那刺耳的铃声消失了。我这才想起来，原来是妈妈下床的声音，她每天都很早起床。

我看了看表，才五点半。

我又上了床，却睡不着了，只能一直盯着天花板看，研究天花板上的纹理，从五点半一直研究到六点整。

从这天起，每次到了五点半，妈妈手机的铃声总会将我吵醒，让我无法入眠。这样过了十天，我实在忍不住了，您起床做早饭可以，但别把我吵醒啊！哼，我决定去找妈妈理论一番。

“妈妈，”我说，“您以后起床的时候，能不能不要吵醒我呢？您以后能不能将铃声的音量调小一点？”

妈妈歉意地笑笑，“对不起啊，以后我会把音量稍微调小一点的。”

转过天，我醒过来，一看表，才五点多一点儿，打算去一趟厕所。

走到半路上，看见厨房里灯火通明，可妈妈却还是蜷在沙发上，缩成一团。

她听到我的脚步声，从沙发上坐起来，一边穿鞋，一边念叨着：“做早饭，该做早饭了。”穿好了鞋，快步走进了灯火通明的厨房。

外面还是一片漆黑，只有那个小小厨房里的灯亮着。

那个瞬间，我感觉很愧疚。妈妈为什么这么早起？为什么要定五点半的闹铃？还不是为了给我做早餐，刚才她一定是怕闹铃再吵到我，提前起来的，可我……

五点半响起的铃声不再刺耳。在我听来，它是世上最美的声音。

一屋阳光，一床清香

每当我看见阳光照射在晾晒的被子上时，我都会忆起那一屋的阳光，一床的清香。

那是一个阳光灿烂的下午，金色的阳光悄无声息地泻进了我的屋子。我推开了家里的门，所有的东西都染上了一层金色，阳光泻进了房间，一点一点，直到把家里填满。

我一进屋，就闻到了一股清香，这种香气很淡，不浓，朴实无华，但很温暖，就像那金色的阳光。

这股香味是从哪里来的呢？我在屋里转了一圈，也没有发现香气的源头。

无奈，我只好去问妈妈。妈妈说，那清香的味道是被子散发出来的。是真的吗？我再次跑回我的屋子，捧起那床被子，果然，一股清香钻进了我的鼻孔。

自打搬家后，我很长时间都没再闻过这种清香。

今天，我又见到了阳台上挂着的被子，妈妈正站在椅子上把被子拉下来。

我捧起那床被子，深吸一口气，还是那股味道，正是我想念的味道，还是那金色的阳光，还是那份爱。

在静默中，我仿佛听到了窗帘碰撞的声音，那是我小时候家里的破旧窗帘。阳光被窗帘割开，在晾晒的被子上投下斑驳的光影，小小的我用小小的手捧起那阳光，整个人沉浸在那份清香之中，那是我第一次闻到阳光的味道。

一屋阳光，一床清香。犹如一条小河，流啊流，流过了我的整个童年。

一支笔触动我的心灵

初次与毛笔相遇，是在一个阳光明媚的上午。那时候，妈妈让我去学习国画。我拿起毛笔，上上下下打量了半天，还是不知道该怎么用。最后，我就用拿铅笔的姿势拿起了毛笔，老师自然来纠正我。我还记得我画的第一张画是葡萄。这幅“墨宝”我还留着，我想等我什么时候成了名画家，我可以把它拿出来卖钱……

从此，我与毛笔结下了不解之缘。我对毛笔充满了好奇，因为对毛笔的好奇，我对国画产生了浓厚的兴趣。我尤其喜欢画花鸟。别人画的螃蟹可以以假乱真，我画的螃蟹你说它是螃蟹都没有人相信。尽管如此，我还是执着地画着。

在上一年级时，我受到了巨大的打击。原来我去参加花鸟五级考试，但是由于在考场上出了一些状况，我先画废了一张，然后又画废了一张。这时候，我一紧张，脑子里就一片空白，于是，我又画废了一张。终于画成了，但画得实在难看。我正想再画一张时，没纸了！所以，我原来考的是五级，但不幸竟被降级了。

经历了这次打击，我好像对国画失去了兴趣。为了帮助我从困境中走出来，妈妈不再让我画花鸟画，建议我去画山水。和花鸟画的活泼奔放相比，山水画则是沉静。这让我对毛笔的作用有了更深的体会。最损耗毛笔的是写书法，写了一段时间书法的笔，却可以拿来画国画。当你把笔用秃了的时候，许多人认为它已寿终正寝了，其实不然，用秃了的毛笔，最适合用来点树上那些杂乱无章的点，效果奇好。这也是其他笔所不具备的神奇吧。

如果说写书法是磨炼心性，那么画国画就是磨炼意志。许多意志不坚定的人一看自己画的“四不像”，往往就放弃了。学花鸟画，可以让你活泼、热情；学山水画，可以让你沉静、淡然。在你画国画的时候，你能感觉到毛笔和你融为一体。

一支笔，触动你我的心灵。

我的家，梦与理想

1

从明天起，做一个幸福的人 / 喂马，劈柴，周游世界 / 从明天起，关心粮食和蔬菜 / 我有一所房子，面朝大海，春暖花开

我们家曾经的房子，是一幢由粉红色的砖砌成的楼房。由于所处的位置为黄金地段，它当年也被称为黄金楼盘。在那里，我度过了我的童年生活。

虽然没有面朝大海，春暖时只有香椿芽可采，但我认为我们家的房子一点也不差，毕竟我只需要做一个幸福的人，而不需要去关

心粮食和蔬菜。

我仍旧清楚地记得那些夏日的清晨，灿烂的阳光洒进我的卧室，拉开窗帘，最先映入眼帘的是那棵硕大的梧桐树。那树的叶子一片片舒展开来，与我一起在清晨沐浴阳光。阳光透过叶子，将卧室染成了泛着金黄的浅绿色。那一个个美好的清晨，没有作业，没有补习班，只有我和我的诗。

我仍旧清楚地记得那些在墙上的痕迹。我们家的墙以一米高为界，一米以上是白墙，一米以下是各种奇怪的涂鸦。妈妈告诉我，这都是我的杰作。我在一岁的时候刚刚学会握笔。于是，家中的白墙，就变成了我最好的画板，我肆意地在上面涂抹，在墙上留下了一道道无法清洗的痕迹。

时光流转，有一天，我终于搬离了这里。当所有的东西都被搬走时，我忽然产生了一种极大的恐慌。我的家变得出奇的大且空旷。那一对红沙发也被搬走了，妈妈曾经对我说过很多次，不要在上面跳来跳去；那台电视机也被扔掉了，爸爸说它已经太老了；那个书桌也送人了，因为和现在的我相比，它太矮了……在一片空旷中，我找不到曾经的家的影子。那些依然存在的墙上的笔迹，也很快要被粉刷掉了。一个个曾经存在的美好的清晨，再也回不来了。

2013 年，我搬离了这里，随之带走的还有我的童年。

2

千年后，如若我再生于祖国的河岸 / 千年后我再次拥有中国的稻田和周天子的雪山 / 天马踢踏 / 和所有以梦为马的诗人一样 / 我选择永恒和事业

我最喜欢的事，是看每天清晨升起的太阳，灿烂辉煌，给人以希望和力量。因此，我养成了每天早晨望着太阳发呆的习惯。在我的新居里，因为没有梧桐树的阻拦，我得以直视太阳。在太阳的照射下，我的思维似乎变得格外活跃，在一个个明媚的清晨，我种下了一个个奇异的梦。

这些梦，有的是关于我的祖国，有的是关于那一首首的诗篇，有的是关于我的世界，有的则虚无缥缈。这些梦支持着我，让我在题海中得以喘息。这一个个梦，陪伴并支持着我度过了小升初最后两年的时光。

六月二十五日，是一个阳光灿烂的夏天，从考场回到家中，我又一次抬起头，窗外的阳光依旧灿烂，面对太阳，我第一次失去了做梦的能力。蝉鸣不止，我的小学时光就在这声声蝉鸣中过去了。曾经我认为永远不会过去的小学时光，就这样结束了。心里仿佛开了一个大洞，怎么也填不满，我揉了揉有些潮湿的眼睛。

七月，我搬离了这里，搬离了我的梦，走向下一条截然不同的路。

3

我的灯和酒坛上落满了灰尘 / 而遥远的路程上却干干净净

掐指一算，我已经很久、很久没有看见初升的太阳了。

早晨，我在太阳升起之前出发；晚上，我在太阳落下之后回家。我的诗、梦与幻想已经被题海蚕食得干干净净。我似乎看不见希望在何方，只能在黑夜中跋涉。家里似乎也失去了原有的温度，但我似乎已经习惯了这份冰冷。

可是，在我通向理想的路上，却干干净净。一个个深蓝色的早晨，当我独自走在干干净净的路上时，我总能看见那满天的朝霞和高楼的剪影。

初三，昔日的梦已成为今日的理想，当年的儿童已是少年。

我的灯和酒坛上落满灰尘，而遥远的路程却干干净净。

4

家是什么?

对于我来说家不仅仅是家，还是我的梦与理想，是我灵魂寄居的地方。我的家和梦在一头，理想在另一头。

我希望乘着那一匹用梦做成的马，飞向另一端，去看大海和春暖花开。

书博会的故事

跳蚤市场的旧书互换平平无常，可是，你们见过由我们自己设计海报、自己开店在学校里出售新书与旧书的市场吗？那么，来和我一起参观我们班的书博会吧！

这天，第二节课的下课铃声刚响起，我们班的男生就飞一般地跑下去，眼保健操也顾不上做了。你问我们干什么去？我们呀，要去搬桌子，摆摊，开书博会啦！

下了楼，大家吭哧哼哧地搬桌子，搬好桌子，又赶快上楼，去拿我们的书，布置自己组的小店。可我跑回来后，咦？我搬的桌子去哪儿了？

眼看着别的组都占了好的地方，我着急地四处找桌子。太阳火辣辣地烤着大地，我急出了满头大汗。

终于，我和我们组的人会合了，大家又搬了一张桌子来。这时别的组早已布置好了会场，准备售书了！我赶快把书哗啦一声都倒在桌子上，我们组的小邓和家长们也赶紧来摆书。七手八脚地好不容易收拾好书，来买书的大部队已经到了。

在购书大军里，有一二年级的小同学、高年级的大同学，还有老师和家长，连校长、班主任也来了。他们围在前面的其他小组店前，开始讨价还价。看着人家那里庞大的客流量，我们几个十分眼馋，再看看别的同学秀着大把的钞票时，我简直要崩溃了，没有占据地利啊。

我们组的小方同学难忍“寂寞”，去新书预订处当记录员了。这样，我们组就剩下三个人，不，应该说是两个了，因为于同学早就跑一边看书去了，真是门前冷落车马稀啊！

过了一会儿，前面的书卖得差不多了，终于有人来光顾我们的“竹香斋”了。在买书的过程中，我们还与顾客发生了两个小插曲。

第一个是遇上了一个人小心不小的顾客，应该说他太有经济头脑了。他就站在我们的摊前一个劲地看一本杂志，看呀看，看到一半多了，他说：“这旧杂志多少钱？”

“一块钱一本。”我说。

“那好，这两本我都要了，”他边说边掏钱，“不过，还要再送我一支笔哦！”

特价的杂志还送了人家赠品。他拿着书一溜烟地跑到树底下，飞快地看完了。最可恨的是，一会儿这个小家伙竟然来退货啦！我们三个都是老实人，马上就把两块钱退给了他。过了一会儿才想起赠的笔没还呢！小邓赶紧去找回了笔。事后，我们一算账，那笔就两块钱呢，这小子真是人小鬼大！

上一次的还笔风波刚刚平息，抱着一大摞书的校长又来了。看着买了这么多书的校长，我心中真是惊喜：校长会不会把我们组的书都买光呢？

不过校长却没有买光我们的书，还让我们的书彻底“贱卖”了！校长真是太能砍价了，原本十五元一本的书，结果直降到十元两本。

后来，听别的组的同学讲，他们同样也有被老师们“坑蒙拐骗”的悲惨经历！原定价六十元的书，被一刀切到十元；原价四十五元的，被老师们以收破烂的价钱轻松搞定……这种惨痛事数不胜数。最后我总结出一点，小孩子永远不会讲价，大人要远比我们精明。

通过这次书博会，我增强了经济观念。我还明白了一点，虽说吃亏是福，可是我们老实的孩子却总是吃亏啊。在诚实、善良的基础上，要再多一点智慧，才能在生活中立于不败之地！

晨读，让我受益良多的好习惯

从上小学一年级开始，妈妈就跟我商量好，每天早晨起来要养成背书的好习惯。妈妈说，这会给我带来许许多多的好处。当时，我并不明白养成这样的习惯到底有什么用，认为十分麻烦。为了养成这个习惯，我和妈妈进行了四年多的拉锯战……

在最开始背书时，我背的是一首首的古诗，它们都简单易懂，朗朗上口，我觉得十分有趣，背起来也很快。

慢慢地，古诗变得越来越长，也越来越难，从短短的五言诗《春晓》，到七言诗《登高》，最后到长长的《长恨歌》，我越背越长，感觉越来越费劲。但是，在妈妈的催促和鼓励下，我还是坚持了下来。

背完了唐诗，背完了宋词，我又开始背古文。古文更长，更难懂，有的一篇就有六七百字，我只好一段段地背。光背还可以，但是再加上妈妈的检查就难了。有时候检查是很难通过的。因此，我对背书常常怀有抵触心理。

但是，不管怎么样，该背还是要背的。虽然背得越来越难，但我却慢慢找到了快乐。当我在背《离骚》的时候，这种感觉是十分强烈的。《离骚》全文两千多字，而我却能在一个月内背完。这让我十分欣喜，也让我渐渐地爱上了背书。

与此同时，我发现通过背书，我的记忆力得到了大幅度提高。这让我在背语文课文时总能先人一步。在别人花几个钟头背会一篇课文的时候，我早已用几分钟的时间就背下来了。这让我有了更多的空闲时间。我理解了妈妈的用心，看来什么功夫都不是白下的！

现在我开始背《道德经》了。我把背书当成早上起来的必修课，当成我生活的一部分。

其实，养成一个好习惯并不难，难的是坚持。只要你肯坚持，就一定能养成一个好习惯，成为这个好习惯的受益者，离成功也就更近了一步！

班中“窃贼”

1

“怎么回事？”陈冰冰翻着自己的笔袋，“笔怎么少了？”

最近在六（1）班，常常会发生一些灵异事件，女生们的笔常常不翼而飞，特别是陈冰冰同学。

作为一位资深的“网购控”，陈冰冰常常从网上淘来各种各样的笔。并且她不仅是一位“网购控”，还是一名“水笔控”。她常常去星光文具店买来五花八门的水笔。这不，她刚刚买了一支最新款的可擦笔，转眼它就不见了。

陈冰冰在地面上搜查了一圈，没有发现笔的踪迹，那说明可能是被人偷了。

一想到这儿，陈冰冰就气得冒火。虽然说一支笔不是很贵，她也不缺笔，但无故被盗，谁心里也不会痛快。

陈冰冰打量着周围的同学，她的同桌正在那儿看书，窃贼可能是他吗？不大可能，这位仁兄不是看书，就是写作业。她又去问周围的同学，有没有看见谁动过她的东西，大家都摇头说不知道。陈冰冰不禁有些迟疑，“或许不是被人偷走了？要不然我在四周再找找。”

陈冰冰又一次弯下了腰，在地上搜索了一圈，蛛丝马迹都不放过，那神情活像个扫雷员。连垃圾桶都没有放过。没有，哪里也没有。

陈冰冰的大脑又高速运转开来，“既然大家都没看见，说明小偷是在没有任何人看见的情况下作的案，难道是……”想到这儿，她不禁倒吸了一口凉气，她眼睛一扫就看见了立在门口的叶依凡，“只有她才有一个人待在教室里的时间！”

“为什么不去搜一搜她的笔袋呢？”一个小小的声音在陈冰冰的心里响起，连她自己都吃了一惊，“对，为何不去看一看呢？”她用眼角的余光一瞥，叶依凡不知何时已经走了。陈冰冰马上来到了叶依凡的座位前，一眼便看见自己的那支笔正静静地躺在桌子上！

陈冰冰刚想拿走，忽然又想到：这或许只是一个巧合！看到这里，读者一定会有一些奇怪，既然那支笔在桌子上，拿走就拿走呗！陈冰冰还犹豫什么呢？但是叶依凡是班里的班长，学习好，还是校里的队委，是一个在同学、家长、老师眼中公认的乖乖女和好学生，所以陈冰冰才会有顾虑。

离开叶依凡的座位时，陈冰冰遇见了叶依凡，叶依凡冲她微笑。在平常，她觉得叶依凡的笑里充满着善意，可今天，她却觉得叶依凡有些不怀好意，微笑成了嘲笑。

“哼，等着瞧吧，”陈冰冰低声说道，“狐狸总会露出尾巴！”

2

班里的“窃贼”在偷笔事件之后销声匿迹了一段时间，全班安生了一段日子，但这也不过就是一周的光景。这天，“窃贼”再度伸出了他的魔爪，这一次，他的魔爪伸向了刘纨。

刘纨的一个亲戚送给刘纨一支英雄牌钢笔作为礼物，刘纨对这支钢笔视若珍宝，时时刻刻都带着它。刘纨的钢笔价值不菲，下了课，刘纨总要细心地擦一擦笔，再小心地装好。虽然爱惜东西是很好的习惯，可是这样的爱惜，却让这支笔遭了殃。

中午，刘纨又一次擦好笔，将它和五十块钱一起放了笔袋里，然后和同学一块说说笑笑吃饭去了，唯独一个人没走。

这个人应该就是“窃贼”。

确定好没有人在教室里了，“窃贼”先若无其事地在教室里转上几圈，看看有没有人在外面监视他，然后迅速来到了刘纨的座位上，拿出了五十元钱和那支钢笔。再返回自己的座位上，将赃物藏到一处隐蔽的地方，这个地方只有一个人知道，那就是“窃贼”自己。收拾停当之后，“窃贼”大摇大摆、志得意满地离开了犯罪现场。如果别人问她：“你为什么这么晚才来吃饭？”“窃贼”一定回答：“老师叫我去做一些事情。”

下午起床，刘纨和同学们有说有笑地回到教室，来到自己的位置上，刘纨顿时惊呆了，笔袋里空空如也，笔和钱双双消失。刘纨急出一身汗，要知道，那笔价值将近两百元，相当于刘纨一下子损失了两百五十元！这可不是一个小数目，她找呀找，和陈冰冰一样，将教室差点翻了个底朝天，还是没有一点踪迹。这时，班长叶依凡走了过来。

班长很关心地问：“刘纨，发生了什么事？”

“我丢了一支钢笔和五十元钱啊！”刘纨头也不抬地回答。

“哦，那你慢慢找。”说完，叶依凡飘然而去，心里暗笑：钢笔和钱全在一个不为人知的地方，而这个地方，只有我一个人才知道！嘿嘿，刘纨找来找去，也不过是徒劳无功，没有一点意义！

3

陈冰冰彻底忍无可忍了，长期积压在她心中的怒火，此时就像一座即将爆发的火山，岩浆暗流汹涌，马上就要喷发。

她的四支笔和四十七元钱又一次被偷走，它们又“恰巧”出现在了叶依凡的书包夹层里。

自从“可擦笔丢失事件”发生后，陈冰冰和叶依凡的关系就变得十分糟糕，但谁也没有撕破脸皮。这一次，陈冰冰的怒火彻底爆发了。她决定，这一次彻底与叶依凡割席断交！

她来到叶依凡的座位上，想把笔和钱拿回来，在叶依凡的书包里摸索着，“摸到了，”她拿出笔和钱，刚一转身，正好撞上怒气冲冲的叶依凡。

“你为什么偷我东西？”叶依凡气呼呼地说。

“是吗？”陈冰冰脸一沉，气不打一处来，两眉之间透着一股戾气，瞪着叶依凡，“那你这笔……是什么时候买的？”

“我，我上午刚买的！”叶依凡把脖子一梗，说道。

“真是无巧不成书，我上午刚丢了四支笔，你就买了一模一样的四支，我想不会是你从我这儿‘采购’的吧？”陈冰冰冷笑了一声。

“你，你不可以血口喷人！”叶依凡一急，险些失去理智。她赶紧深吸了一口气，心想：好险呀，差一点就中了陈冰冰的计。

“那你这钱……”

“这也是我早上拿的。”叶依凡急忙辩解着。

“这钱是你早上拿的？这数目也太……”陈冰冰似笑非笑地说，“是你从家里拿的，还是从我这儿拿的？”

一听这话，叶依凡急了，她一把抓住陈冰冰手中的笔和钱，大声说道："快，把东西还我！"

"这就是你从我这偷的！"陈冰冰一扬手，叶依凡脸上就挨了一巴掌。叶依凡从出生到现在没有一个人打过她的脸，"你，你凭什么说是我偷的！"

"张雅萱亲眼看到发生的一切，她告诉我的！"陈冰冰有点挑衅地看着叶依凡。

一听这话，叶依凡顿时好像被人从头到脚泼了一盆冷水，气焰一下子矮了下来，但仍不服输，"你只有一个证人，不算……"

"好，"陈冰冰急红了脸，一把夺过叶依凡的书包，一提一倒，里面的东西全掉了出来，书、笔、钱掉了一地……

"咦，那不是我的笔吗？"同学们七嘴八舌地围了上来，有不少女生窃窃私语。还有不少男生也惊讶地发现，自己的东西竟然也出现在叶依凡的书包里。

叶依凡脸色惨白，陈冰冰冷冷地看着她。

同学们纷纷捡着属于自己的东西，这时，陈冰冰想起了什么，一把拉起叶依凡的手，说："走，去找赵主任！"

叶依凡深吸了一口气，把心一横，"哼，去就去，谁怕谁！"

"你不怕？想想你的所作所为，"陈冰冰嘲笑着，"像偷东西这种大事，难道不算违纪吗？你还想当你的大队委吗？"

叶依凡浑身一激灵，赵主任是大队辅导员，而叶依凡是大队委。她在之前已经有过一次违纪，如果再有一次，她就会被扫地出门，离开大队部了。叶依凡软了下来，低声下气地说："陈冰冰，对不起，东西我还你，是我偷的，对不起！"

陈冰冰目的达到了，心里暗自窃喜，说话的声调也渐渐变高。这使叶依凡感觉到了一种前所未有的挫败，说话的声音越来越低。

最后，陈冰冰大获全胜，叶依凡落荒而逃。

望着叶依凡的背影，陈冰冰觉得出了一口恶气。

经历了这场风波后，班里又恢复了平静。

虽然说叶依凡的"窃贼"身份已经是众人皆知，但同学们似乎宽恕了她，陈冰冰似乎也与叶依凡和好了。

一切又恢复了平静。

但是，看起来平静的水面下，是否还暗流涌动?

假如你只有一元钱

一元钱，能干些什么呢？你能在大大的城市里生存下来吗？今天，我们学校举行了一次“一元钱生存大挑战”活动，就是每个人用一元钱，在城市里吃一顿饱饭，再完成几项任务。

我是一组的组长，活动这天我们十分幸运，因为这些天可以免费坐公交车。

准备了一下后，我们就整装出发了。

1

第一站，我们去民心广场。我决定将我们小队分成两组，这样可以提高效率。我和四年级的一个男孩一组，五年级同学带两个小女生一组。她们去卖东西，我们去找广告和找中华老字号。

找广告很容易，找中华老字号就有点难了，我们两个人大半天才找到一个。

我和四年级的赵倬晨一起垂头丧气地走出了超市。这时，看见了王笑妍她们队，她们的处境也好不到哪儿去——竟然有一辆城管车跟在她们身后！

我俩赶快跑过去，“发生了什么事？”我问道。

“我们在广场上摆摊，城管不让摆，他们要赶我们走呢！”王笑妍说。

突然，城管车上的人拿出了一个高音喇叭，对着我们说：“民心广场上不准摆摊！请你们速速离开！速速离开！”

我们吓得赶紧离开了广场，看来，摆摊并不是一个赚钱的好方法，我们还要另想奇招。

2

出了永辉超市，我带着一队人马一路向前，赶往下一站——省博物馆。

一下车，我们就开始卖东西。果然功夫不负有心人啊！我们一下子就抓住到一条大鱼——给了我们七元钱！

我们继续走，在省博物馆的广场上，我们的“财政部长”王笑妍点了点钱，“现在我们有二十七元了，再接再厉！”

这时随行的老师说：“现在我来宣布第十一个追加任务，去警务亭，询问警务亭的职能！”

我们忙去找人问了问哪儿有警务亭。

中午的太阳又毒又辣，几乎一上午没喝水的我已经快要晕倒了。到了省图书馆，王笑妍提议去里面接点水，这时我很悲催地发现我没带水杯，没法接水，只好继续渴着。

终于找到了警务亭，警察叔叔十分和善，也很有耐心。他回答了我们所有的问题，还爽快地给我们签了字。

出了警务亭，我打开任务包，天啊，我们刚才竟然忘记了拍照！于是，我们又匆匆忙忙往回赶。

在回去的路上，我和赵倬晨一个渴一个饿，真是难兄难弟。一个想买水，一个想买饭，但十分可惜，“生杀大权”掌握在“财政部长”手里，我俩连一毛钱也没有，只能忍着。

再次回到广场，拍了照，不多挣一点钱，就不够吃饭！没办法，继续挣钱！

一开始，我俩四处碰壁。问了很多人，不是说没钱，就是说不想买。半小时后，我们战绩“辉煌”：挣了四元钱！

“失败乃成功之母！”果然呀，在失败了N次之后，我们总结出了一条规律，什么人是最好的顾客？嘿嘿，当然是带小孩子的女士和单身女生啦。

果然，我们利用这个规律，成功地卖出了四十多元的东西，挣够了午饭钱。

3

我们不光自己吃上了午饭，连带队老师和志愿者阿姨的饭钱都出了。为了省几块钱，别人吃吉祥馄饨，我吃了一个煎饼，其实也很香呢！吃过了午饭，我们走出饭馆，再次分开。我和赵倬晨去找中华老字号，其余三人去找邮筒。

这一次，我心事重重，想想早上在永辉超市找了半天才找到一个，还要找四个……那岂不是要杀了我？

结果，事情进展得远比我想象的顺利。

真是山重水复疑无路，柳暗花明又一村。没想到很快就发现了一个“中和轩饭庄”。顿时，我心中燃起了希望之火。一个计划立刻在我的脑海中浮现。

“去北国！”我对赵倬晨说，我们边说边穿过了马路。

刚过马路，一个大大的招牌就出现在我们眼前——中华老字号“德州扒鸡”。哈哈，这可真是“踏破铁鞋无觅处，得来全不费工夫”啊！赵倬晨和我都激动地在门口摆起了“V”字手势，胜利在望！

一头钻进北国商城，我俩确定了寻找方向：小吃与珠宝。

“咦！”我眼前一亮，这不就是我苦苦追寻的“老凤祥”吗？这不就是一个中华老字号吗？

在北国商城转了一圈出来，猜我看到了什么？“乐仁堂”！嘿嘿，至此，任务全部完成！

现在，我们可以跟女生们会合了，准备打道回府。

4

辛苦了一天，终于回到了学校，一看表，啊，好悬，离四点只剩十三分钟了！

挣钱，看着容易，其实真难。通过这次一元钱活动，我学会了不少东西，也觉出了父母的难处。

从回宫格到米字格

光阴似箭。转眼间，我已经到了十三岁，这也是我练字的第八个年头了。翻开我那一个个练字本，笔迹从稚嫩到成熟，我不由得想起第一次参加硬笔书法课的时候……

第一次参加书法课的时候我只有五岁，小小的我，牵着妈妈的手来到教室。老师发给我一沓纸，那沓纸上的格子和我平常所见到的格子不一样，上面的每一个格子都好像是一个“回”字。老师告诉我，这叫回宫格，我似懂非懂地点了点头。

我的书法老师姓岳，岳飞的岳。她对学生要求十分严格，你必须达到她的要求，否则她就会一直让你重复练一个字。在这种魔鬼训练下，我的练字本越来越厚，我的水平也得到大幅提升。

最开始，我练习的都是一些简单的笔画，比如，横、竖、捺。

慢慢地到了偏旁部首，最后到了间架结构。

随着年龄的增长，我不再满足于用硬笔去书写，开始向往用毛笔在宣纸上挥毫泼墨。于是，在我四年级时，我退掉了原来的书法班，开始学习软笔书法。

软笔书法的学习远没有我想象的顺利。我很气恼，我的毛笔字和硬笔书法相比差远了。我用的书法纸是米字格纸，是那种泛黄的、有毛边的纸。我的毛笔总是要么太干，要么太湿了。

后来，我终于明白，虽然我在硬笔书法上很有一套，但在软笔书法领域，我只是一个新手。通过软笔书法的练习，我的心态变得平和了。渐渐地，我在毛笔字上也有了突破。

从回宫格到米字格，我获得的不仅仅是书法水平的提高，更是心态上的变化。

每当我提起笔练字的时候，我都感到十分的平和宁静。练字，不是靠速成，而是在一点一滴中积累和提升。人总是在不知不觉中慢慢进步。

成长，是要用心去体会的。

藏在盒子里的小秘密

我有一个大箱子，里面装满了拆下来的破烂，有马达、废弃的工具、电路板，还有好多好多别的东西，这是怎么回事？哈哈，这可是我的小秘密。

每次，我看家中有什么破旧的玩具或者不用的小东西，像电话啊、计算器之类，一般人家也许会直接扔掉吧，但在我家，它们会被我盒子里的那些旧工具很暴力地“大卸八块”。

有一次，我的一辆遥控车坏了，我很喜欢它，怎么办呢？在我伤心了几天后，还是毫不留情地拿出了我的各种工具——锤子、钳子等强力破坏工具。

遥控车被我翻了个底朝天，我拿起改锥，开始拧螺丝，拧螺丝这件事我早已是轻车熟路，别管多难拧的螺丝，很快就会在我手上败下阵来。

车的底盘打开了，但却“藕断丝连”——有电线连接着底盘和车身。我一怒之下扯断了电线。现在，车里的各种电路板和马达都完完全全地露了出来。我搓了搓手，抖擞精神，继续战斗。电路板上的螺丝数量很多，但依旧难不倒我。谁让我收藏的工具多呢？换了一个更小的改锥，继续拧呀拧。

这里的螺丝很结实，因此，拧起来需要费很大的力气，但这依然无法阻止我拆东西的热情！

又拆了不知道多久，终于拆好了，电路板和车里的座椅齐齐掉了下来，这对我来说可真是一个大惊喜！而且让我增加了拆下去的信心。加油，快胜利了！坚持就是胜利！

就这样，我不知疲倦地奋战着，桌子上的零件越来越多，各种螺丝也越来越多。马达也被我拆了下来，反正只要是能拆的，通通被我破坏了。终于，整个遥控车都被我拆散架了，我将所有零件整理好，通通放入了我的秘密宝箱。

虽然多数时候我都会用文明的方式解决问题，但在某些时候，暴力手段也是一种途径。

譬如有一次，我在拆一个旧的计算器时，它外壳上的螺丝都被我拧了下来，可它还是打不开，这可奇怪了，为什么呢？最后，我只好请来十字改锥。十字改锥灵活地伸入外壳的缝隙里，我用力地往下一压，终于，两个壳之间出现了一条小缝，这让我看见了希望的曙光。外壳打开了，我也松了口气。

现在，我马上就十一岁了，可有时还会手痒，看见东西就想拆一拆。我的宝贝箱子里的东西多得快装不下了，这里面装着我的欢乐，更装着我许多童年的小秘密。

那些逝去的绿皮车

我曾经无数次看见那飞驰的火车。在我小时候的记忆里，火车是沉默的老者，在铁轨上一节一节地向前爬行；再后来，“中年人”多了起来，火车的速度大幅提高；现在的火车，全都成了“运动健将”，时速高达三百多千米。

前几天，我送爸爸到火车站去乘火车。在站台上，再难寻觅到绿皮车那沉默的身影，心中不免有些惆怅。

现在的人都追求“速度”。网速要快，车速要快，学习要快，发展要快。每个人都深陷其中，我们就好像被“快”裹挟着的泥沙，想停也停不下来。

人们都匆匆忙忙，脸上挂着木然的表情。在这表面的繁华之后，我看到的是一颗颗迷失的心。

当然，我们也不能否认，快为我们带来了便利，原来坐火车要花上好几个小时甚至几天时间，现在的火车，也许一会儿或者一天就到了，而且运行得也很平稳。

不过，随着火车的提速，人与人之间的隔阂也越来越深。

在以前的绿皮车上，人与人是十分亲近的，虽然素不相识，虽然来自天南地北，但相互间很友善，总会在一起聊天。在我的记忆中，最令人难忘的就是绿皮车那有节奏的“咔咔”声。绿皮车窗外的风景十分美丽，你可以看见辽阔的高山、曲折的河流，一切似乎都触手可及。

但在高铁上，则又是另一幅景象了。人们几乎都抱着个电子产品，要么是在那儿和屏幕里的人物同喜同悲，要么就是和千里之外的人亲切交流，对眼前的人却视而不见。

你若想：那我不看这些电子产品了，我去欣赏一下窗外的风景如何？我大可告诉你，高铁上的风景乏味极了，什么也看不见，眼前只有一片混沌。

火车的速度越来越快，这让人与人之间的“距离”变近了，但是，心与心的距离却越来越远。人们心灵之间的那堵墙越来越高了。

火车提速，福兮，祸兮？在速度越来越快之后，我们的心，是否能跟上匆匆忙忙的脚步？

我不知道……

在这洪流里，在这个快节奏的世界里，拥有一颗平静的心是多么的重要。

让身体等一等疲惫的心吧。

这颗心，能使你在风雨之中稳住身形；能使你在世界中保持清醒的头脑，不被欲望所迷惑。

到底是快节奏好，还是慢生活好？

中国古老的哲学告诉我们：中庸。几千年前的先贤告诉我们过犹不及，太快和太慢都不是最好的，我们要寻找的就是那两点之间微妙的平衡。

放慢匆匆的脚步，让身体等等伤痕累累的灵魂。带上一颗安宁喜悦的心，用这颗心去感知、聆听、欣赏这世上所有的美。

童年·小园·香椿树

在我原来住的小区里，有一片很大的园子，我叫它“小园”。打我记事起，那里就栽了好多香椿树，其中有一棵是属于我们家的。不过，我们家两年前搬离了那里，最后一次到那里，也已是一年多以前了，昔日的小园早已破败，现在那里估计已经荒芜了吧。

那三棵高大的梧桐树，是小园中一道亮丽的风景，不过，相比而言，我更喜欢那些香椿树。

那些香椿树，是什么时候栽的，是谁栽的，现在已无从得知。不过，在我四五岁时，就有香椿树了。那时候，树和我一样都还很小。春天，爸爸带着我，去摘树上刚刚长出来的嫩芽。新鲜的香椿芽十分美味，最妙的是那种还泛着些许的紫色，比绿色的更嫩。爸爸每次不会摘很多，他对我说，要给香椿树一些休养生息的时间。

我似懂非懂地点了点头。

在我原来的小学，也有几株长得很像香椿树的树，叫臭椿。为何叫臭椿？倘若你撕下一片叶子，伤口处会散发出一种类似于大葱的臭味。小时候的我常常以为这就是香椿树，还曾异想天开地要摘一小把带回家让妈妈炒着吃。不过，我同学在这件事上十分有经验，他们告诉我，这是臭椿，不能吃的，我才放弃了这个想法。

七八岁时，我就开始和小伙伴们一起去摘香椿了。不过，香椿树的生长速度明显比我们快。最矮的枝条也有两三米高。小香椿树是不能摘的，它们还小，要等它们长高了才能去摘。于是，我们找来一根长长的棍子，想办法把嫩芽捅了下来，这个活儿一般由我来干，我对此颇有经验。

这件事也绝非易事。首先，你视力要好，先要发现树上的嫩芽，然后用棍子对准嫩芽的根部一捅，最好是一击得手。如果嫩芽的根部太结实，那就用棍子在根部反复碾压。这种是最危险的，稍有不慎，便会连枝带叶一齐捅下来。

香椿的吃法真不少，可以炒鸡蛋，可以凉拌，可以用盐腌，还可以用它来拌面条。

长大后，我不再去摘香椿芽，但小园里的香椿在我心中是最美的。

后来，我家搬离了那里，离开了香椿和小园，我的童年时光也远去了。但是，这些记忆的碎片，如同流沙中的碎金，在我的记忆长河中，闪闪发光……

遗失的旧时光

旧时光如同一本书，遗失在记忆的海洋中。书中那些泛黄的书页，刻满了岁月的年轮。它总是在你试图回想起来时，化为残影，消逝在记忆深处；而在你不去想它时，却又渐渐地浮出来，带来淡淡的伤感。

1

时光如同一个淘气的小孩，用手中的橡皮将记忆中那些清晰的身影涂擦得模糊。从前的那些石家庄的影子，已经日渐模糊了。

记忆中的石家庄，街上有蓝色的公交车，现在好像都换成了红色的。记得有一次，我和妈妈一起等公交。本来来了好几辆可以载我们回家的公交车，可我们都没有上去，因为我想坐双层公交车。就这样等了好长时间，终于等到了。但在车上的记忆却完全没有了。现在想来，似乎是我在车上睡着了。

那是我第一次乘坐双层巴士，也是最后一次。记得前些年看到一则新闻，说石家庄的双层巴士只剩下五六辆。我应该不会再有这样的闲情逸致去等双层公交了。

记忆中的石家庄，似乎永远洒满了温暖的阳光。在我的记忆中，旧城有时沉浸在午后灿烂的阳光之中，有时又被落日的余晖染上红晕。路上是来来往往的车辆，路两旁是不高不低的建筑物。不远处，是电视塔朦胧的剪影。

2

一个很偶然的机会，我来到了我曾经学画画的地方。那幢楼早在两三年前就被夷为平地了。在那幢楼的旁边是一个菜市场。我曾经来过这里很多次。

我久久地伫立在菜市场的门口。

毫无疑问，这里的确是衰败了。没有了卖菜人的吆喝声，没有了买菜人的讨价还价声，没有了切饼、切肉时刀刃撞击案板时发出的沉闷声响，没有了糖炒栗子时哗哗的响声……

小时候，我经常陪妈妈去菜市场买菜。一穿过那条小胡同，一瞬间混杂着西点的甜味、鱼的腥味、葱花饼的油香味、蔬菜瓜果的清香味和下水道涌上来的臭味就会涌入你的鼻腔。当年的我似乎对糖炒栗子情有独钟，经常会在糖炒栗子的窗前伫立很久，在妈妈的催促声中才依依不舍地离开。

在卖菜的小摊后面是一排小饭店，当年我最钟爱的是一家包子铺，每周都要吃上三四次。后来，这家包子铺搬走了，为此我还伤心了好久。

那家卖烙饼的小铺，也是我常去的地方。老板娘会熟练地帮你把饼切好。如果你想要饼丝，她也会用切丝机帮你把它切丝。这家的切丝机是蓝色的，上面沾满了黑色斑点的油污，一切起来，它就会发出“吱呀，吱呀”的声音。

一阵自行车的转动声，打断了我的回忆，一个刚买完菜的人，推着车，从胡同里出来了。

3

过去的时光总是美丽又缥缈的。我们所能做的只是拾起那些遗失的美好，继续向前走。

站在时间的门槛上，前面是高楼大厦，后面是温暖的阳光，我迷惘地转过身去，捕捉到的只是阳光的残影。

再见，遗失的旧时光。

家有极品老爸

假如你来到我家，一定会大吃一惊。首先令你吃惊的是藏书数量；其次便是家中摆放着的各种各样的杂货。就拿客厅来说吧，靠墙的柜子上，放了大约有七八个毫无用处的茶杯，在一个小小的电视柜上就放了三个钟表。同时，挂在电视柜上方的还有两把剑。不用说，这些东西，全部是我的极品老爸买来的。

1

作为一位年逾不惑的中年男子，极品老爸仍旧保持着旺盛的好奇心。在网上，他要是看到了什么有趣的东西，就会买下来；看见自己喜欢的东西，更会迫不及待地购买。

比如说，上个月他看上了白洋淀的鸭蛋，他一口气买了两箱。

上周，他在网上发现了有趣的百香果，他又一下子买了一箱，发回来发现有一半是坏的。

此外，更不用提他追个电视剧，还买了两箱玻璃瓶的“依云”矿泉水回来，结果有一半都碎掉了……

前几日，奶奶给我们打来电话，向我们抱怨那个极品老爸给他们买了太多的吃的，保质期又短，他们还不知道该怎么吃……

看来，极品老爸的购买症，似乎比原来更严重了。

2

极品老爸还有一大特点，就是爱看手机。

不管是在屋子里，还是在外面，就是吃饭的时候也会扫上两眼……

上个月，一个平静的周末，在经历了一上午的奋战后，我终于消灭掉了大部分的作业。我舒舒服服地躺在沙发上打开了电视。

无巧不成书，我的极品老爸这时也来了。在经过了一系列的交涉后，最终极品老爸获得了电视的使用权。没办法，我只好让出半壁沙发，放弃了电视打开了书。半小时的时间匆匆过去，当我抬起头时，我发现电视早已变成了待机状态，而极品老爸正在专心致志地看手机。

“老爸，我抗议！”

“怎么了？”他一脸无辜地抬起头。

“您不是说要看电视吗？为什么又看手机了？”

“这个……”第一次，极品老爸在我的质问下哑口无言了。

最近，在我和妈妈的联手教育下，极品老爸对手机的痴迷度似乎稍微减弱了一点儿，但在购物方面，他的热情似乎并没有减退呢！

看来，我的极品老爸似乎会一直极品下去！

梦里的乌托邦

多年以后，当我独自坐在窗前，回忆起我的童年时，我脑海中总会回忆起那个地方，那个我生命中的“乌托邦”。

回忆起那三棵梧桐树……

回忆起那成片的香椿树……

回忆起那一张张泛黄的笑脸……

1

我的童年是在一个古旧的小区里度过的。那里的楼房贴着清一色的粉色的墙砖。在我们家楼前有三棵梧桐树。这三棵梧桐树“叶叶相覆盖，枝枝相交通”，手挽手，肩并肩，如同三个雄伟的巨人，华盖如云。年少的我常常趴在窗前的栏杆上，呆呆地望着那三棵树。

到了夏天，这三棵梧桐树就成了孩子们的乐园。当时调皮的我和楼下的一位小伙伴经常在楼下的一座凉亭里爬上爬下。那凉亭下面是热力管道，在那个通向地下管道的入口，只有一张铁丝网相隔。家长们都对此提心吊胆，生怕自己的宝贝掉下去。大部分孩子也不敢爬上去，只有我们俩经常蹑手蹑脚地爬上去，然后重重地跺两脚，“咚，咚！”震得铁丝网上附着的尘土扑簌簌落下，往往这时都会引来妈妈们的责骂。

那时的夏日时光总是太长，我们又太小。斑斓的阳光透过树叶的缝隙洒在地面上。清风徐来，树叶沙沙摇摆，孩子们的脚步总是踏乱婆娑的树影。那时的我总是觉得时间太长，总是希望这一天快点结束，自己能快一点长大。巴巴地望到晚上，却又不想入眠，想让时间再延长一些。

寒风掠过，吹落了一地的落叶，吹散了一地的梦。曾经的夏日不复存在。当年那三棵梧桐树也已变得苍老。时光承载了我和我的梦，也把我和我的梦带往了不同的方向。

2

那一年，我三岁。

一脸懵懂的我和一群孩子待在一间教室里，面前站着三个陌生的大人。我环顾四周，却看不见熟悉的身影。我产生了从来没有过的陌生感。这种异样的感觉持续了好一段时间后才消失。

命运的齿轮缓慢转动，在我小小的世界里，我的梦里又出现了两个新的身影。那两个身影在我的记忆中日渐模糊，但他们的笑容却从未褪色。我记得他们俩一位姓吴，一位姓赵。

从此以后，原本宁静的小区失去了安宁。几乎每个晚上，首先是赵同学家的车铃声，紧跟着是吴同学家中的电话铃声，这一切构成了一系列的连锁反应。整个小区的宁静被我们这些孩子打破，随之而来的是儿童们兴奋的叫喊和自行车铃清脆的响声。那时的我们都有过奇怪的梦，这些梦大都被时光夺走，残留在记忆中化为飞沙。所存下的那几个，也几乎化成清风，消散在重归寂静的乌托邦里。那时的我似乎有着无穷的精力，脚踏车蹬得飞快，整日穿梭在小区的道路上，至今我对那个小区的道路都烂熟于心。

当我们稍微有些疲累时，我们会去我们小小的“乌托邦中心”。这是小区中一片比较大的广场，上面有一些健身器材。这些健身器材在我们手上大都没发挥原本的用途，成了我们爬上爬下的游乐场。

在深蓝色天空的映衬下，一切都被染上了魔幻色彩。在一片浓郁的深蓝色中，有几个鲜艳的身影在移动，天上是一轮皓月和几朵淡淡的云。

3

那一年，我六岁，上小学。

我们家楼下是一片香椿树。

在我们小区除了那几棵巨大的梧桐树，剩下最多的就是香椿树了。自从某个春日，爸爸告诉了我香椿芽可以食用后，我就对香椿这种植物产生了一种独特的兴趣。

在我就读的小学校园里也生长着一些类似于香椿的植物。我曾经兴致勃勃地揪下几片来，却发现这些植物弥漫出一股类似“小饭桌”炒米饭的难闻气味。当时的我对此不以为意，兴致勃勃地摘下一袋带回了家。后来才知道，这原来叫臭椿。从此，我就决定一定要亲自摘下一袋香椿。

记忆中那是一个温暖的春日，我们四个人聚集在香椿树下。因为身高所限，我们只好将目标锁定在那些低矮的枝条上。我们用手推香椿树，费了九牛二虎之力，才摇下来一丛，却又掉进了花圃中。机智的我跑回家去，拿来一根拖把杆，其他人也如法炮制。不一会儿，我们就收获了一大袋子香椿。

从此，每年的春天，我们都会去采香椿。有时那香椿树上已挂上禁止采摘牌子，我们对那牌子视而不见。有时正欲下手时，耳畔突然传来一声呵斥，吓得我们落荒而逃。

时间将我们带到了不同的地方，我们都搬离了这个地方，搬离了这个“乌托邦”。

4

时间带走了我的童年，带走了那座“乌托邦”。那些健身器已被拆除，高大的梧桐树也不再魁梧，那些纯真的笑容也不复存在了。

我仍旧记得去年在吴同学的生日会上，我和他几乎没有说什么话。我们两个都试图修复与对方的关系，却发现我们的世界里已然没有了共同的语言。那从前说不完的话语，化为了苍白贫瘠的“嗯”“啊”。我与他之间隔了一条鸿沟，让我们俩都望而却步。我的乌托邦早已坍塌，废墟上长满了杂草。

彼得潘说：在第二个路口右转，然后一直走，走到天亮，那就是去永天乡的路。但我却找不到回到我的乌托邦的路了，就连废墟，也只能在梦中的残影中窥见。

时间，会让所有的东西化为尘土。

而我用我手中的那支笔，记录下被时间遗忘的往事。

游记篇

游在颐和园

颐和园是一座美丽的皇家园林。里面不仅有秀丽的万寿山，还有烟波浩渺的昆明湖。颐和园中不仅有山的厚重，还有水的灵秀。

从颐和园的正门进去，往左一拐，就是一条幽静的小路。我和妈妈往前走了好一阵子，终于到了十七孔桥。

十七孔桥的确是一座美轮美奂的桥。桥身厚重、敦实，还有那在桥柱子上姿态不一的石狮子。我本想去十七孔桥上走一走，可一看那可怕的人流，便立刻打消了这个念头。

离开了十七孔桥，我和妈妈打算去佛香阁。我们一边往前走，一边给自己打气，不远了，不远了。看着佛香阁似乎离我们越来越近，我十分高兴。不过我好像高兴得太早了点儿，十五分钟过去后，我抬头看了一眼，佛香阁与我们的距离似乎一点也没有减少。真是

“看山跑死马啊”！

又过了十五分钟，我们终于来到了万寿山脚下。从这儿上到山顶，就是佛香阁。我们开始一点一点往上爬。万寿山好像在故意捉弄我们，当我们感觉快到了的时候，突然，前方出现了一个拐弯，击碎了我们美好的梦想。

只能接着爬了。好不容易才来到了万寿山顶，我们最先看到的是一座琉璃瓦楼。这座楼的楼身上雕刻了许许多多的佛像。虽然有的佛像的头被毁掉了，但仍然显得十分庄严。这里就是颐和园中的智慧海。

从智慧海出来就是佛香阁了。佛香阁呈八角宝塔状，上面有黄色和绿色的琉璃瓦。这里人山人海，我和妈妈耐心地等待了好半天终于进去了。

我站在佛香阁里向外看，清风拂面，感觉神清气爽。但是，再往下看去，立刻就丧失了这种雅兴——底下人多得像蚂蚁搬家。在这么多人的踩踏下，我感觉万寿山都要被压垮了。

从万寿山上下来，我显得无精打采。虽然还想去看一看长廊，却心有余而力不足。妈妈似乎看出了我的心思，对我说：“咱们去看一眼长廊吧。”我有气无力地同意了。

到了长廊，才发现长廊已经变成了“人廊”，里面人挨着人，人挤着人。就在外面远观一下吧。

在出口我们又费了一番周折，终于离开了颐和园。

出了门，我感觉颐和园有三多，第一是楼多，第二是风景多，第三就是人多！

美好的一天

今天是美好的一天，我和爸爸妈妈早早来到了王府井大街。天气微微有些寒意，商场还没有开门，于是我和爸爸妈妈找了一家麦当劳餐厅，准备进去暖和一会儿。在麦当劳里，我们挑了一个靠窗的角落坐下，一边喝着奶茶，一边看着窗外的景色。

外面人来人往，车水马龙，虽然还不到九点，但王府井的游客已经不少，我眼睛在窗外扫来扫去。突然，我看见一个老人，他不是来王府井的游客，他是一名流浪者，或者说是一个无家可归的乞丐。

只见他穿着一身破烂的绿色棉衣，头戴一顶破帽。这想必就是鲁迅先生所写的“破帽遮颜过闹市”吧，脚上的鞋更是破破烂烂，露出了粗糙黝黑的脚后跟。这架势，像极了金庸小说中横扫天下、无所不能的丐帮帮主。再看他眼神迷离而恍惚，忧郁地望着远方，似乎在为生计发愁。我体内多如潮水的同情心又一次泛滥开来，在征得爸爸妈妈同意后，我从麦当劳的正门走出去，心里却一直在想，这个老人，为什么会出现在这种地方？难道他的儿女们把他抛弃了？还是因为他无儿无女、无依无靠才沦落到这种地步？我一边胡思乱想，一边走到这位老人面前。

“老人家，”我开了口。他仿佛从梦中惊醒过来一般，收起了那迷离的目光，“嗯？”他两眼直直地看着我，看上去十分惊讶，看来已有很久没人来和他说话了。

“老人家，”我慢慢地问道，“您有工作吗？”

“没有，我没有工作。”老人的嗓音十分的沙哑，就像嗓子上盖了一层沙子，听上去饱经风霜和磨难，听得我眼角有一点发热。

“那……您需要食物吗？”我继续问，他一听“食物”二字，目光立刻变得灼灼的，充满了期望。

“食物，需要，非常需要！”他急切地说着，他的声音里隐约露出了一丝激动。

我没说话，一转身回到了麦当劳餐厅。他有些疑惑地盯着我的背影，随后他的双眼又恢复了之前的迷离……

我把我问出来的东西添油加醋、绘声绘色地给爸爸妈妈描述了一遍。爸爸妈妈互相对视了一眼，爸爸从钱包里掏出了五十元的钞票，冲我努努嘴，“你去给那老人买点吃的吧。”

我一蹦三尺高，干好事我永远是最积极的。我来到点餐台，一口气点了三份套餐，售货员有些惊讶。但她一看我的身材，估计就不再惊讶了。

“三十九块五，这是您的找零，请收好。”售货员甜美的声音在耳边响起。此时，还剩十一块五，这些钱怎么办呢？“对呀，”我一拍大腿，“我可以把这些钱给那个可怜的老人呀！”

过了一会儿，三份套餐就出现在我的手上。我拎着这个袋子，拿着剩余的钱，走到老人面前。“这些食物都给你。”我对老人说，一边把食物放在他的怀里．老人惊讶地看着我，脸上闪过狂喜，他高兴地对我说：“谢谢，谢谢。”

“这些钱也给你，自己看着用吧。”接着，我又把这剩下的钱给了他，老人估计是从来没有见过这样的情况，不住地对我道谢。

我感觉身心十分舒畅，迈着轻松的脚步回到了餐厅里。

和爸爸妈妈走出餐厅，我看见那老人正大口大口地吃着汉堡，当老人与我四目相对时，他冲我摆了摆手，顿时，我觉得周围的一切都美好起来了，看到这样可怜的老人仍在坚韧地生活着，我还有什么理由自暴自弃、不珍惜生活呢？

我们每个人都是人生路上踽踽独行的旅人。相信每一个小小的善举都会让你的前路无比美好！

平遥游记

平遥古城是一个美丽的地方。那里的古建筑设计得十分精致。据说古城共有八十一条街，七拐八拐的像个大迷宫。

暑假里的一天，天微亮，冒着小雨，我们一家就向着平遥古城出发了。

大约中午十一点，我们就到达了平遥古城。

首先，我们找了一家民居旅馆住了下来，休息了一会儿，就开始了我们的平遥之旅。可我们的运气不太好，一出门就开始下雨，但这不能阻挡我们前进的步伐。爸爸叫了一辆电动三轮车，开始了雨中平遥游。

虽然下着大雨，但平遥却仍然魅力不减，雨水打湿了青灰色的石砖，也打湿了古城民居挂着的灯笼。许许多多的小客栈半开着门，露出朴素的一角。

电动三轮车的司机师傅极力推荐我们请一个导游，爸爸妈妈动了心。于是在导游陪伴下，我们走进了第一站——城隍庙。

城隍庙有许许多多的世界之最，它是唯一幸存的三庙合一的建筑。当然，这里的坑人也算得上是一项独特的“世界之最”了。

一进城隍庙，导游先去签了到，然后就将我们托付给了另一个导游。这个导游带着我们拜来拜去，最后在财神那里送给我们一盏灯和一包纸，结果走时才知道这个要将近五百元。

我们被导游弄得晕头转向，景点没有吸引我们，倒是里面各种坑人的项目让人印象深刻。去了一次后，谁还会再来呢？

离开了城隍庙，我们跟随导游来到了县衙。此时天已放晴，我十分高兴地脱下了外套，拿出了相机，终于可以拍照了！

县衙的大门修得挺气派，比民居的小门高大得多。想必县太爷一定很富裕吧，不然大门不会修得这么大。

在古代，县令只算是一个小小的七品官，但县里的赋税、军事、审判都归他管。在古代，建筑都不可违制，一个小小的县衙就有这么大，可见当时官员的生活质量还是很高的。

进了大门，看到一个大院子，这里曾经都属于县太爷。现在归了小商小贩，这个县衙三进三出，排场真不小。

县衙里，我最喜欢的是一段古老的城墙，城墙厚重、斑驳，砖与砖之间插了好多铜钱。

接着往前走，是一处小小的花园，里面有一个不大的湖，湖里种着荷花，湖上有一座小桥横跨在上面，格外幽静。

我们离开县衙后又去了票号，别看平遥不大，票号可真不少，可见当年的繁华。票号其实就是现在的银行，是好多商人的秘密金库。

平遥古城，是一个美丽的小地方，有文化，有历史。临走前，我还买了一盒平遥古城的明信片，希望它们都成为我美好的记忆。

日本行——梦断大阪

身随朝露而生，随朝露而去。人生短暂，如巍巍大阪，气势盛，也只是繁华梦一场。

——题记

大阪是日本经济的中心，是丰臣秀吉的居住地，也是丰臣氏梦断的地方。

或许你们对丰臣秀吉这个名字不太熟悉。丰臣秀吉缔造了日本的一个时代，丰臣氏最后灭亡的地方就在大阪，更准确地说，是在大阪城公园。

这一天下午，我们来到了大阪城公园。

绕了大半天，我们终于来到了公园里面的大阪城。

一进大阪城，最先映入眼帘的是那高大的天守阁，是丰臣秀吉命人所筑。不过，我们现在看到的早就不是真迹了，真迹早已随着丰臣政权一起湮灭在历史的长河之中。不过，我认为下面的石块估计是真的，毕竟烧化石头的可能性是很小的。

听说在古代，天守阁里面贴满了黄金，极尽奢华，但它就和丰臣秀吉写的辞世信一样，也只是繁华梦一场。天守阁建成后不过百年，大阪城便被号称“忍功第一”的德川家康所攻破。丰臣氏第二代家主丰臣秀赖自杀，天守阁也毁于战火之中，让人不禁感叹世事无常。

在天守阁前面的小广场上有上百只鸽子，这些鸽子完全不怕人，只要你在手中放上一些鸟食，鸽子们就会毫无顾忌地落在你身上，这便是人与动物之间的和谐与美好吧。

回望宏伟的天守阁，我不禁浮想联翩。我似乎回到了古代，短暂辉煌的丰臣政权犹如娇艳的樱花，绚烂又短暂，最后梦断大阪城。无奈风起，花落庭前。我纵惜春，韶华难留……

日本行——知恩·报恩

作为一个多雨的国家，日本经常阴雨连连。我们一家来日本时正处于雨季。这对于要旅行的人来说可真是一件倒霉的事情。

今天，我们要去一座寺院——知恩院，这里是日本最大的净土宗寺院。

到了知恩院，雨更大了。借用《岳阳楼记》中的一句话："若夫淫雨霏霏，连月不开，阴风怒号，浊浪排空。"虽说有点夸张，但绝对是"淫雨霏霏"！

寺院前是一阶阶高大的石阶，石阶有一定的倾斜度，微微泛着银光。在某些阴暗的角落绿苔正顽强地生长着。石阶走起来很滑，有可能是雨水的缘故，抑或是被岁月打磨过。

抬头往上看，知恩院的大门庄严而肃穆，"知恩院"三个字飘逸灵动，让人不禁心生向往之感。

进了知恩院的大门，里面几乎没有人，只有树。松树、柏树和其他不知名的阔叶树，密密麻麻。一处毫不起眼的小房子，在入口前工整地放着几双拖鞋，提醒着人们要脱了鞋方可入内。

的确，知恩院不及中国寺院宏伟，没有红砖碧瓦，没有金光闪闪的装饰，只有黑、白、棕三色，十分质朴。但我觉得知恩院宛如一件精美的工艺品，又好比一座小巧的园林。在知恩院，人会感到心中彻底的宁静，身心彻底放松，头脑清明，这恐怕与这里到处是大树有关吧。

绕过小屋，就要上山了。山上的台阶比刚才进大门的台阶还要陡峭，甚至还有点凹凸不平。在雨水的冲洗下，周围的树显得更加苍翠，大地寂静无声，只有雨的“沙沙”声，“蝉噪林逾静，鸟鸣山更幽”的意境大抵如此。

走上石阶，是一间精致的小屋。透过树林，可以隐隐约约地看见一些庙宇建筑的顶部。

下山时，我们沿着一条小路走，景致越来越少。但途中一处景色让人印象深刻：一个小亭子，一座小桥，一条小河，背后是一座小山，显得颇为雅致，小桥流水，真有江南之风。

离开知恩院后，我细细地想着这个寺名。知恩院，知恩，知恩，牢记别人对你的恩德，知父母恩，知师友恩，知每个帮助过你的人恩，知万物恩。

知恩才能报恩，知恩是报恩之本。

虽说我离开知恩院已经很久，可“知恩”二字，我却永远不会忘记。

龙门石窟之殇

洛阳，千年古都，在唐朝作为长安的陪都，文化和经济也非常繁荣。在秀美的洛河畔，曹植写下了传世之作《洛神赋》。在娇美的牡丹花中，刘禹锡吟出了“唯有牡丹真国色，花开时节动京城”。在洛阳无数耀眼的文化明珠中，龙门石窟一定是其中最耀眼的一颗。

站在龙门石窟前，我不禁心潮澎湃，往远处看，平静的伊河蜿蜒而又曲折，阳光在上面洒下斑斑点点的金光。

行走在龙门石窟的小道上，两旁松柏参天，可一直没有佛像的影子，我不禁有一些急躁。

龙门石窟分为西门石窟、东门石窟、香山寺和白园几部分。终于进了西门石窟的大门，佛像立刻就密集起来，抬头一看，山壁上都是小洞，洞里的佛像或立或坐，面相慈祥。

可惜有不少佛像没有了佛头，还有的没有手，甚至有的仅仅是一个空窟，这让人感到很痛心。

再往前走了一会儿，就到了奉先寺，说是一个寺院，其实就是卢舍那大佛。

大佛容貌慈祥，高达十七米，我难以想象古人是如何将大佛一点一点雕出来的。我想，雕刻大佛的人在雕刻时，一定是怀着一颗恭敬又虔诚的心。大佛的比例十分和谐，上面的衣饰雕刻得也很好。陪衬大佛的二力士、二天王形态各异，或凶神恶煞，或慈眉善目，雕刻人对它们一定倾注了大量的心血。可它们却在浩劫中受到了不同程度的损坏。

离开了龙门石窟，可那残破的佛像犹如阴云一般在我心中挥之不去。希望龙门石窟此后无殇，佛像不再被人类的斧子和凿子所惊扰。

大海洪流

在我去三亚之前，我听许多人说三亚很热，冬天也跟夏天一样。可当我到了三亚才发现，在某些时候三亚还是比较凉爽的，果然还是眼见为实，耳听为虚。

我们所住的宾馆离海很近，为了看海，我们选的房间是海景房。不过海景房有一点不好，因为实在是有点吵。海风海浪终日不停地呼啸着，发出“呜呜”的叫声，有时实在令人难以入眠。

这里的海，与我以前见过的海有所不同。别处的海，大都是相对平静少波浪的。而这里的海，却只见一层又一层的巨浪从天边涌来，奔向岸边，终日不停。让人不禁感叹大自然的伟大力量，实在是令人叹为观止。

每天早晨，有一件事情是我必做的，就是观日出。海南这里的空气质量不是一般的好，站在露台上一眼望去就可以清晰地看到日出。在日出之前，海平面上方都会聚集一小团云，然后，一缕缕的霞光从云层中绽放。慢慢地，那一团云被映得发红，在一望无垠的海面上投映出点点红光。一小团橘红色的圆球慢慢地探出了头。终于，红日完全挣脱了云层的束缚，将光芒洒向世界。

当最后一抹朝霞在天空中消散时，天空变得澄净蔚蓝。那种感觉真是让人思绪平静，仿佛时间在那一刻静止，看海、听海就足够了。

站在海滩上极目远眺，那无边无际的大海散发着星星点点的亮光。海浪涌起白色的泡沫，翻滚着涌向岸边。在不远处是一座郁郁葱葱的小岛，几艘帆船正向那座岛驶去。

在沙滩上，我发现了许多小洞。爸爸告诉我这些小洞里面居住着一种蟹，用木棍说不定就能把它们挖出来。哈哈，我怎么觉得爸爸是在骗小孩子呢?

我用一根木棍将小洞翻了个底朝天，也没有任何生物的足迹。也许它们在退潮时悄悄地溜走了。

在沙滩上还有许许多多的贝壳，有的上面有花纹，有的则没有。有的是螺旋形。越靠近海边的贝壳越大，离海越远的贝壳就越小。

我拾起一个贝壳，它在阳光下散发出迷人的光泽。它诞生于大海，大海却又亲手把它埋葬。和大自然相比，世上的一切都显得渺小。

海是神秘的，千百年来一直吸引着人们的目光。它带给人们无尽的福佑，也为人们带来无尽的灾难。它孕育了生命，又不停地亲手埋葬生命。

潮涨，潮落，日出，日落，带给人们无尽的遐想……

欲把西湖比西子

美丽的西湖是无数人梦中的天堂。

我们来到杭州时，恰逢丨一长假，这是一件好事，也是一件坏事。因为“十一”时，人流会成倍增加。因此，我们早上六点就急急忙忙地出发了。

“欲把西湖比西子，淡妆浓抹总相宜。”在西湖中，我才算真正地理解了这首诗的含义。静静的西湖，水面上被微风带起一点点波澜。空濛的远山，在淡淡的雾中若有似无，若隐若现。两岸的垂柳在微弱的风中摇曳。

再往前走，一片荷塘出现在我们面前，让人心旷神怡。

漫步在西湖的小路上，一扇小门吸引了我的目光。那扇小门上写着四个字：西泠印社。

这个名字，也许很多人都十分陌生。但是如果你了解一点它的历史，就会对这个地方生起崇敬之情。中国文化界的许多大师，如赵朴初、潘天寿、启功、弘一大师等人，都曾经是这里的社员或社长。

西泠印社里的人并不像外面的人那样多。或许是因为这个地方的知名度不是那么高，进来的人大都神色匆匆，并没有认认真真地去欣赏这里的美。我正好可以暂时远离外面的热闹，安静地欣赏大师的艺术。

西泠印社的印字指的就是印章，因此，在西泠印社，有整整一条长廊上挂满了曾经的社员印章的放大版。

印章形态各异，有的古朴苍劲，有的圆润饱满。我仔细地看着每一个印章，每一个印章仿佛都在向我诉说着古老的故事。

在所有的印章之中，最与众不同的是弘一大师的印章。别人的印章大都是刻的字，而弘一大师的印章刻的是一个佛像。或许，这就是弘一大师一生的归宿吧。

在西湖，我沉醉于这里的美景，更沉醉于这里的人文。遥想当年的苏轼把公文拿到西湖上来批阅，真是别有一番韵味！

泰国行之蓝钻珊瑚岛

在泰国的第四天，我们又一次登上了小船准备出海。昨天有好多人兴高采烈地坐在了船头，可是今天船上却空空荡荡的。为什么呢？因为他们都被毒辣的太阳晒伤了。这里虽然不是很热，但是晒伤却很厉害。

这一天，我们的目的地是蓝钻珊瑚岛。蓝钻珊瑚岛的美丽不仅在沙滩、海水，更在珊瑚。不过因为海啸的原因，大部分珊瑚都死了，虽然珊瑚是不多了，但海水还是很清澈，水底下都能看清楚。

不仅如此，珊瑚岛上还有好多别的游玩项目，比如说海底漫步、潜水、开快艇。我们一家决定参加海底漫步。

海底漫步，顾名思义，就是在海底行走。不过，你需要戴上一个又大又重的头盔，穿上胶鞋，沉到五六米深的水下，然后在海底行走。因为那个头盔是靠一根伸向海面的管子来输送氧气的，所以你其实只能在一个固定的范围内行走，看不到太多东西。

我在刚刚下水的时候，感觉双耳旁好像在打雷，又好像飞机在轰鸣。同时我感觉我的鼓膜在振动，一阵阵疼痛向我袭来。我试图告诉那个带我下水的教练。他捏住了我的鼻子，让我用力呼气。这有效缓解了我的症状。于是我打了一个“OK”的手势，他就带我继续下潜了。

虽然说人类的科技发展得很快，我们可以上九天揽月，我们可以征服世界最高峰，但对于广阔的海底世界人类似乎所知甚少。不过在一万米的深海，我想也没有太多好看的东西吧，也许会有一些长相凶神恶煞的鱼。

当我的双脚终于踏上海底后，教练示意让我蹲下。他让我用手去摸一摸珊瑚。那丛珊瑚软软的，这时候，从那丛珊瑚里游出了几条小鱼，这几条小鱼，它们有着橙色的身体，间杂着大块的白色及黑色的斑点，这就是小丑鱼。看过《海底总动员》的朋友都知道，电影的主角就是两条小丑鱼。这里的小丑鱼和我想象的不太一样，它们看上去很小，这可能是动画片带来的错觉呢。

在海底，你可以看到成群的热带鱼。这些热带鱼不太喜欢人。毕竟人类未经允许就擅自闯入它们的领土。

动物在人类面前是弱势的，但我们也要给予动物以尊重。海底漫步这项活动让商家赚得盆满钵满，同时又讨得了游客之欢心，但唯独没有考虑动物的感受。在其他生灵面前，人类总是趾高气扬。

在大自然中人与动物是平等的。既然是平等的，为什么不能给予它们应有的尊重呢？不要以为自己多么高贵，在动物面前，拥有一颗平常心，不去干涉它们的生活与自由，做一个静静的旁观者，足矣！

泰国行之攀牙湾

在泰国的第一站,我们选择去攀牙湾。攀牙湾被誉为“小桂林”,但由于刚下过雨的原因,海水变得十分浑浊。不过那些青黛色的山确实十分秀丽。

在攀牙湾,我们坐了橡皮船。这个小船空间十分狭小,人只能盘腿坐着。有件事让我十分奇怪,雨水是凉的,落在海中,应该会让海水变冷,但海水却是温暖的。

随后我们将船开进了燕窝产地。泰国这里出产的燕窝是珍贵的金丝海燕的燕窝。

采燕窝的工作者,常常要冒着生命危险徒手爬上高高的大山,相当于二十多层楼的高度。这是十分危险的,一旦掉下去,那些狰狞可怕的岩石就会将他们割得血肉模糊。

采燕窝的工作一般都是代代相传。他们能通过辛苦的劳动为自己换来更好的生活吗？不会的。当他们走进市场，那些燕窝的价格会贵得令他们难以接受。

虽然现在的科技已经非常发达，采燕人的安全也有了一定的保障。但在泰国，大家并没有给予这些采燕人应有的尊重。

中国有一句古话：吃水不忘挖井人。当你在商场里或家中看到燕窝时，请不要忘记，这不仅仅是小燕子的杰作，更是那些采燕人血与汗的结晶。

泰国行之卧佛寺

我们泰国之行的最后一天，导游带我们去了卧佛寺，一个美丽又神圣的地方。

在卧佛寺中，最著名的一个景点就是四面佛。泰国被人们称为“千佛之国”是有原因的。在泰国的大街小巷，你经常可以看到大大小小的四面佛，这和泰国盛行佛教有关。

泰国是世界上唯一一个把佛教定为国教的国家。但是泰国的佛教和中国不太一样，中国是大乘佛教，泰国是小乘佛教，这也导致了中泰两地佛教建筑的不同。

泰国的佛教建筑，颜色大都以红、白、金三种颜色为主，金碧辉煌，给人一种庄严肃穆之感。倘若不告诉你这是寺院，你真会以为这是君王所住的皇宫。

我站在四面佛前，看见四面佛的每面都挂着一个牌子。这四个牌子上分别写着：健康、家庭、婚姻、事业。看见团里的人一个个都去拜，我不禁哑然失笑。在从前，四面佛的四个面并没有被赋予这些意义。人们拜佛，无非是为了个人的名、利和幸福，为这庄严的地方带来一些世俗的烟火气。

拜完四面佛，我们由义工带领着进入了大雄宝殿。义工为我们讲解了各个佛像的意义后，就带领我们去给佛像贴金。我们拿出准备好的金箔，正准备动手时，却又被义工拦住了。

义工对我们说，贴金箔还是有讲究的，贴在脸上，孩子有智慧；贴在耳朵上，阖家幸福；贴在后背，事业有成；贴在胸前，财源滚滚。我一看那尊佛像，胸前金光闪闪。

在物欲横流的现代社会，仅有一小部分人能坚持本心。更多的人则为了金钱东奔西走。为了名与利，人可以抛弃很多。当人回首度过的或漫长或短暂的一生时，那个本真的你可能早已消失在一堆花花绿绿的钞票里。

从大殿里出来，偶然瞥见一个老僧在吃午饭。虽然他的饮食很简单，远不是“玉盘珍馐”，但是他看上去十分自由，无拘无束……在他身旁，围绕着几只猫和狗。不远处，一些鸡在啄食草地里的小虫子。每天诵诵经，闲时喂喂那些猫狗，日子就这样波澜不惊、平平淡淡地走过。

看到此情此景，我不禁在想，世界上的一切都是虚妄，唯有那个本真的自己，才是真实的吧。

怀古篇

春花秋月

春花秋月何时了？往事知多少，小楼昨夜又东风，故国不堪回首月明中。

雕栏玉砌应犹在，只是朱颜改。问君能有几多愁，恰似一江春水向东流。

这首词是李煜所作的《虞美人》。李煜，南唐后主，他不是一个称职的皇帝，却是一个伟大的词人。

一千多年前的那个晚上。

这一天的月亮格外明亮皎洁。东风吹过窗棂，发出呜呜的声音。

“东风起了。”他说。

“是呀，东风起了。”

他的思绪又飞回从前。汉白玉砌成的栏杆，高高架起的飞檐，精美的屏风，那是他远在千里之外的故国。那些往事都如镜花水月，消散在历史之中。他现在所拥有的只是离愁。他的愁绪就像一江春水，滚滚向东流去。

这首词，是李煜被押解到开封之后所作。南唐曾经是一个强盛的国家，在南唐中主李璟统治时期国力开始走下坡路。到了李煜时，南唐已经衰落。李煜始终和北宋保持着一种微妙的关系。终于有一天，这种微妙的平衡被打破了，李煜成了阶下囚。多愁善感的性格让他写下了一些伤春悲秋的诗词，而这些诗词也给他带来了杀身之祸。

据说李煜是被宋太宗用毒酒毒死的，原因就是这首《虞美人》。宋太宗认为他心怀故国，恐怕对朝廷不利，所以将他毒死了。年仅四十二岁的李煜，在对故国的思念中离开了人世。他身不由己的一生和才华横溢的诗词化为一道流星，燃烧在文学的天空里。

最后的一首词

一轮清冷的月，高高地挂在树梢。此时，大殿里灯火通明，一场盛宴正在举行。宴会的主人是开封府尹晋王，客人却是一位囚徒。

两年前，这位囚徒被人从金陵押往开封。皇帝对他虽然不错，但他仍旧忧郁。伤春悲秋是词人的天性，他抬头看天，一轮明月沉默不语。

他犹记得那段风花雪月的时光，他和他挚爱的小周后在一起下棋、吟诗、作赋，如南柯一梦。北方铁骑来势汹汹，他一退再退，只求在风花雪月中了结残生。然浮生若梦，北方的大军最终打碎了美丽的幻境。

城破之日，他兀自站在一堆废墟上茫然地望着人们在他的国库中进进出出，直到搬空。国已灭，家已破，他想自焚，但当那火舌舔到他的长袍时，他退缩了。

这时，他耳旁响起了晋王的声音："听说你的词写得很好，不知道你最近有什么新作？"

皓月当空，他不禁想起了第一次和小周后幽会时，也是这样的一个月夜。往事又涌上心头，五味杂陈。他站起来吟诵道："春花秋月何时了？往事知多少？小楼昨夜又东风，故国不堪回首月明中。"

晋王称赞道："好！果然名不虚传，来，我敬你一杯！"他端起这杯酒，一饮而尽。酒顺着喉咙一直滑到他苦涩的肠中，不知为何，他觉得今日之酒，与平时不同。

回到自己的居所，他提起笔来，想写点什么，忽然，他的手颤抖起来。"啪！"笔落在了地上，那支曾写出无数首词的手，痛苦地挣扎了几下，不动了。

在他死去的桌上，放着那首《虞美人》。

路在何方，灵魂何归

五月初五那天，天昏地暗。一位老者独自抱着石块伫立在汨罗江边，他似乎在沉思。他慢慢地踱到了江里，他那瘦削的身躯，很快就被江水吞没……

他家世显赫，也曾是楚国的高官。但是由于奸臣的阻挠，他不得不远离他的国家。

他厌恶那些“背绳墨以追曲兮”的贪官污吏，他真正热爱的是他的祖国。在他眼前，是一层沉重的雾和无尽的黑暗。他想挣脱那密不透风的黑暗，可又无计可施。他大声呼喊：“路在何方？哪里是我的灵魂所归之处？”可是没有人回答他。

他“欲远游而无所止兮”，他也曾和渔父交谈，发出“举世皆浊我独清，众人皆醉我独醒”的感叹。但渔父却无法理解他。

“既然我无法决定自己的方向，那就让天意来决定吧！”

坐在詹尹的家中，望着那在空中蒸腾的烟雾，他感觉自己的心渐渐沉静下来。

詹尹端出了占卜所用的工具，坐在一旁问道：“先生这次前来，是有什么疑惑吗？”

想到自己的遭遇，他站起身，踱来踱去：我是要去秽助苗，在乡下种地呢？还是去拜访那些达官贵人，一举成名呢？我是要学那千里马，一骑绝尘？还是那水中的鸭子，随波逐流呢？在这世上，还有谁知晓我的高洁？

“既然如此，为何不把自己隐藏起来？”詹尹回道。

他说：“这世间如此浑浊，隐藏起来，岂不是同流合污？黄钟毁弃，瓦釜雷鸣，我应何去何从？”

詹尹收起那些占卜的器具，说：“我曾听说过这样一句话，‘夫尺有所短，寸有所长，物有所不足，智有所不明，数有所不足，神有所不通。’去做您想做、认为正确的事去吧，占卜对这种事无能为力！”

这番话在他心中如同响雷一般，炸开了一片光明！他看见眼前出现了一条光明大道，“那条路，我找到了……”他喃喃着。

不久，他的国家被秦所破，他从容投江。

他，便是中国伟大的浪漫主义诗人屈原。屈原，在人生中找到了自己的路，也寻到了自己灵魂的归处。

千古完人

曾国藩，他是一位政治家，一个被梁启超赞为“完人”的人，他是“中兴第一名臣”，但也有人说，他是一个罪大恶极的刽子手。如此矛盾的评价都集中在他一个人身上，究竟是为什么呢?

曾文正小时候并不聪明，甚至可以说有一些愚笨。我们不少人都认为，名人在小时候想必也是聪慧的，可曾文正虽然脑子不灵光，但凡事守得住一个“恒”字。曾文正每日必要写反思，反省自己做错了什么。一日两日很简单，可时间长了就难，曾文正公一辈子都在写反思。到后来左眼瞎了，手也不大听使唤时还要写，一直到死前一天，他仍旧用那颤抖的手，写下了自己的所思所想。

二十多岁时，春风得意的曾文正带着家人的期望进京赶考，结果考了两次都是名落孙山。失落的曾文正又回到了家乡，回来的不仅是他孤独的身影，还有欠下的一千两白银的债务。

屡败屡战的曾文正终于在第三次会试中金榜题名，然后升到了礼部右侍郎的高位。可母亲的去世又让他跌回起点，他不得不在家丁忧。直到一年多后，再次出仕，操办团练，组建湘军……

曾文正和大多为官的人不同，别人大都贪污，尤其是在清末那“一年清知府，十万雪花银”的时代。曾文正为官十分清廉，真可谓两袖清风。他一生只有一件新衣服，还是他刚中进士时做的，平常也不舍得穿，一直到死后，那件衣服还是崭新的。可他的弟弟们却不这样，在湘军里人人都知道“九帅”曾国荃有两大爱好：抢钱、屠城。天京被攻破之时，曾国荃甚至让军队来运送财产。曾文正曾多次写信教育他的弟弟们，在信中，曾文正完全是一个敦厚的长兄，对弟弟们循循善诱。

往事已如过眼云烟，而对曾文正的争论却一直不休。在我心中，曾文正公是一个人格上近乎完美的人，他勤勉、自省的品质，着实令人敬佩！

数风流人物——陶渊明

“吾不能为五斗米折腰，拳拳事乡里小人邪！”蔑视功名富贵的你说。

你出生于一个不很富裕的人家，却是一个书香世家。祖上曾经有过陶侃这样的大人物，也有过孟嘉这样的风流名士。你也算是有一个幸福的童年。

可惜，这一切都在你八岁那年，随着你父亲的去世消散了。

好像上天还嫌不够，要故意惩罚你，你父亲死后才四年，庶母也离你而去了。还记得你在《祭程氏妹文》里说 :“慈妣早世，时尚孺婴。我年二六，尔才九龄。”特别是你在二十岁时，家中尤为贫困，“弱年逢家乏，老至更长饥。”

年少的你也曾对朝廷充满信心，也曾想在政坛上大展拳脚，你自幼修习儒家经典，爱闲静，念善事，抱孤念，爱丘山，有猛志，不流俗。

在道家盛行的年代，你也受到了老庄的熏陶，喜欢亲近自然。你的身上，同时具有道家和儒家两种修养。

二十岁时，你开始了游宦生涯，“在昔曾远游，直至东海隅。道路迥且长，风波阻中途。此行谁使然？似为饥所驱。倾身营一饱，少许便有余。恐此非名计，息驾归闲居。”

红尘滚滚，宦海沉浮，倏忽之间，二十年的时光已然逝去。你厌倦了官宦生涯，掷下官印，说：“吾不能为五斗米折腰，拳拳事乡里小人邪！”作《归去来兮辞》，正式开始了你的隐居生涯。

你爱酒，好友颜延之留下二万钱给你，你却将钱全部送到酒家，以便以后去拿酒方便些。你爱写诗，诗中有很多都与酒有关。

公元408年六月中旬，你家中火灾，宅院尽在大火中烧毁，你被迫迁居。公元415年，朝廷诏征你为著作佐郎，对此早已厌倦的你称病没有应征。公元418年，王弘当上了江州刺史，他与你成为好友，君子之交淡如水，白衣送酒，成为众人津津乐道之事。

重阳节这天，你没有酒喝，就在东篱采了一把菊花。不一会儿，一个穿白衣的人飘然而来，原来是刺史王弘给你送酒来了。你们对酌一番，好酒的你大醉而归。

公元427年，度过了六十二个春秋的你卒于家中。你这一生虽谈不上轰轰烈烈，却是我们不少人的榜样。

在田野里直至老死，远离那滚滚红尘，“采菊东篱下”的那种悠然自得，或许只有你才能体会得到。生于官宦世家，死于田园之中，这或许是你最好的归宿。

苍穹之泪

一人，一马，一个空空的行囊，在萧瑟的秋风里踽踽独行。

夕阳在天边勾勒出血红色的轮廓，将他和他的那匹瘦马的影子拉得很长。在不远的前方是一棵老树，几根柔弱的藤蔓缠绕其上，相依相存。风吹过，老树上枯黄的树叶发出沙沙的声响。

但这些他都没有注意到。他所做的，就是不断地重复自己疲沓而又单调的步伐。几声鸟鸣从天边传来，尖厉又刺耳。这几声鸟鸣终于将他从浑浑噩噩的状态中唤醒了。他抬眼望去，几只鸟儿落进了老树上的那个小巢里。从小巢里，不时传来小鸟的啁啾和大鸟的鸣叫。

他怔怔地看着眼前的一幕，心中不禁涌上了一丝惆怅。

他已经在异乡漂泊了许久。浪迹天涯并非他的本意。行走在天地之间，只能与苍茫的天地为伴。他的心只剩下空无一物的寂寞和无所适从的迷惘。

继续走，继续走。离开了那棵枯树，他又踏上了前程。

一座黑瓦白墙的小院不合时宜地出现在了他眼前。一缕轻烟，若有似无地飘荡在半空中，甚至可以嗅到那家人饭菜的香味，甚至还能听到那家人说的话。

那家人所聊的无非就是一些家长里短。但在他听来，却如同一声惊雷，在他心中震响。

曾几何时，他也有这样一个温馨的家。而如今，这个家却在经历了无数次的变故之后，变得破败不堪。他就像是一只断了线的风筝，在天地之间无助漂泊。

那一抹淡淡的惆怅，在他心中不断地蔓延。

他第一次觉得，自己是如此的孱弱，如此的无力，如此的无助。

他想用放声大哭来表达自己内心的苦痛。可是，自己的喉咙好像被什么东西堵住了，想哭，却又哭不出来。

或许，伤痛到了极致时，是哭不出来的吧。

人，马，在秋风中孤独地远走。他们的背影慢慢被落日的余晖所吞没，消失在一片血红之中。

夕阳西下，断肠人在天涯。

等一场雨

“对潇潇暮雨洒江天，一番洗清秋。”他等来了无数场雨，却没有等来皇上的赏识，雨打在他身上，打在他心中。

那一年，他年纪轻轻，因一首《望海潮》而声名鹊起。自负有满腹才华，料定能夺魁的他，却因为皇帝的一纸诏令而名落孙山。他的心中第一次下起了雨。只有考取功名，赢得了皇帝的认可，世人才会相信你的才华。

他迷惘，忧愁，踌躇，失落。在离开京城之际，他留下了一首《鹤冲天》。他回到了自己的寓所，无声的冷雨滴落在空阶，滴落在屋檐边，滴落在芭蕉上。那个才气逼人，曾经在长安古道马迟迟的少年不见了，却已是“狎兴生疏，酒徒萧索，不似少年时。”少年的青丝，在歌楼的酒盏中换了颜色，歌楼酒肆中的纸醉金迷，掩盖了现实的凄凉。

当他的鬓角染上了秋霜，青丝换成了华发，皇帝终于下了诏令，他暮年及第，自然十分高兴。但是，岁月的冷雨熄灭了那颗炽热的心。他沉迷于歌楼酒肆之中。然而现实的残酷使他不得不为了生计而奔波，歌女们的资助又让他回到了虚妄而又纸醉金迷的世界。在这个世界中，他就是一位伟大的词作家，是“白衣卿相”，而在这个世界的背面，他只是一位落魄公子，一位放荡不羁的才子，面对现实，他选择了逃避。

又是一个秋天，灰蒙蒙的天空下起了细如丝的小雨。他独自坐在歌楼的一个角落，案前放着一杯浊酒。雨是他一生的迷惘，雨是他一生的惆怅，雨是他纷扬的思绪，雨是他一辈子的酸甜苦辣，雨是繁华的帝都，雨是迷离的歌楼、酒肆……

在歌女的曼妙舞姿中，在烟雨迷蒙的酒肆里，他永远地闭上了自己的眼睛。

他用尽一生在等雨，却始终没有等来属于自己的那一场雨。

等一场雨，一场永远下不完的雨。

笑

“世事一场大梦，人生几度秋凉。”他坐在小屋的窗前，静静地看着飒飒的西风吹过梧桐，划破窗棂。他望着满地的黄叶，嘴角漫起一丝苦涩的笑。

“十年啊，又是十年……”他站起来，顺着窗户，慢慢地向北看去，在那里，有他的故乡……

许多年前，他还是一名少年。那时的他年轻气盛，带着一份自信和傲气踏上了进京赶考之路。他一举成名，连文坛泰斗都为之震惊。

时光流转，岁月悠悠，当年那个少年的鬓角已染上了白霜。他纵马奔驰在无边广袤的原野上，弯弓引箭，一只鹿在惊叫中倒地。他的侍卫们雀跃着奔向那垂死的猎物。在灿烂的阳光里，他眯缝着眼睛，望着那些雀跃的侍卫们，他隐隐约约找到了年轻时自己的影子。

于是，他笑了，笑声中多了一份岁月的沧桑。

上天仿佛是一只看不见的手，在冥冥之中操纵着每个人的命运。在颠沛流离之中，他走遍了大半个中国。他失望地发现，似乎每一次调任，都让自己离政治中心更远。

一叶扁舟，慢慢漂到了儋州的岸边。他从船上下来，站在儋州的土地上，极目远眺。眼前荒无人烟，天地之间一片萧瑟。

差役的呵斥，又在他的耳边响起，他嘴角动了动，仿佛是想笑。

可是，他终究没有笑。

一滴泪，滴在了儋州冰冷坚硬的大地上。

唐寅也是一个痴人

那时的他年少轻狂。年纪轻轻就在江南一带出了名，满腹才情的他在科举之路上连战连捷。那时候的他“春风得意马蹄疾”，权力的大门将要为他开启，只要他进士及第，定能在官场上有所作为。

可谁知天有不测风云，荣誉也离他而去。

在锒铛入狱，遭受了非人的折磨之后，他终于离开了那黑暗的地牢。望着灿烂的阳光，本应该庆祝自己劫后余生的他，此时却觉得苦涩。

回到家中，昔日笑脸相迎的乡亲早已换了面孔，曾经温柔贤惠的妻子也对他恶语相向。残酷的事实，击垮了他最后的一丝尊严。世人只晓得锦上添花，没人会来为你雪中送炭，只会把你推入更深的深渊。

何为圣贤之言？寒窗苦读，究竟是为了什么？在残酷的现实面前，他选择了逃避，选择了醉生梦死。

他在山水中寻得了解脱，寻得了自由。醉生梦死或许才能活出自由，才能体悟到人生的真谛。

十余年的醉生梦死，让他的身体每况愈下。但是，那份属于他的痴情仍旧没有变过。

苍老的他，已不能做官。他便拾起了那陪伴他多年的画笔。苦难的一生让他的艺术水平得到了极大的提高。曾经的唐解元、鲁国唐生、六如居士、逃禅仙吏已然垂垂老去，只剩下一个桃花庵主，一个痴人。

他的痴，不仅仅是他对山水的痴迷，“痴”是他一生的执着，也让他一生怀才不遇。一个“痴”字，就是他一生的写照。

春风吹过盛开的桃树，将桃花的缕缕幽香送进堂内，也把几片桃花送到了他的案前。他抬起头，阳光温和地斜射进屋内。

他忽然想起，多年前，他出狱的那一天，似乎也是一个晴天。

他拿起了笔，洋洋洒洒地诉说起他的心声：

桃花坞里桃花庵，桃花庵里桃花仙。

桃花仙人种桃树，又摘桃花换酒钱……

抒情散文篇

桃花流水

我是一个渔人，每天出没于波涛之间。

那些文人雅客有时也来这武陵溪边钓鱼，每次在溪边一坐就是一整天，像他们这种惬意的生活，是我可望而不可即的。每天早上，天不亮就必须起床捕鱼，等太阳在溪面上洒满了金色的余晖时才能收网回家。即使是这样，我也很难凑齐这一个月的赋税。

可谁知，有一天，我竟然发现了一处仙境……

这一天是太平年间的一个寒冷的冬日，这一年的冬天格外寒冷。我没有多少钱，此时，我仍旧穿着单衣。虽然我被冻得瑟瑟发抖，几乎连篙都拿不住了，但我仍要去捕鱼。

不知道是因为冷还是因为饥饿，我居然在熟悉的小溪中迷了路，来到了一处未名之地。这里竟一片春意盎然。两岸都是桃林，幽香阵阵，落英缤纷。我十分惊讶，便又继续前行。

这溪水的源头有一座大山，山间有小洞隐隐约约透出光亮。我拴住了船，勉强钻进这个小洞。穿过小洞，顿时感觉自己置身于仙境。这里的土地肥沃又开阔，屋舍有的高大，有的小巧，全都整齐地排列着，各种花卉争奇斗艳。这里的人们都穿着美丽的衣服，看上去都十分快乐，真是一个福地啊！

这时有人看到了我，十分吃惊，急忙问我是从哪里来的，我回答说是从武陵郡来的。他们则更为惊异。随后，他们邀我去享用宴席，席上的美食佳肴都是没见过的。席间，有一位老者问我："客官，不知这外面是何年代？可是秦几世了？"

"太公，秦朝早就灭亡了，此时早已是晋朝了！"

"哦？那秦之后可就是晋？"

"秦之后尚有汉、魏两朝。"

接着，我又为他们讲述了一些外界发生的事，众人听后，都不禁感叹起来。

在这仙境住了几日，我便打算离开，与桃源众人一一惜别。临行前，那位年长的太公叮嘱我："我们这里的情境，不得对外人说啊。"

伴随着我的衰老，赋税也越来越重，我曾经抱有的希望也消失了。我终于明白，我当年所到的桃花源，恐怕只是一个梦。但是，我宁愿委身于那个虚幻的梦中。

这次，我没有放弃梦想

每个人都有自己的梦想，我的梦想是成为一个作家。可是当我把我的梦想说给一些人听的时候，他们只是笑笑。每个人都明白这副表情的含义，那是无声的否定。在他们眼中，那些梦想成为数学家、书法家、物理学家的孩子大都幼稚可笑，最终总会屈服于现实，渐渐淡忘自己的梦想，像所有其他普通人一样，庸庸碌碌地度过这一生。

为了这个梦想，我付出了很多。在我上五六年级的时候，每天都会写四五百字。到了暑假这种节假日时，每天都能写一千多字。这也是为什么我总是用又大又厚的本子，太薄的本子，我一两周就能写完。同时我也大量地读书，读各种各样的书。家中的书和日记本“泛滥成灾”。那二十来本又大又重的日记本和上千本书，让妈妈在搬家时伤透了脑筋。随着我文章越写越多，我的文章也开始出现在各大杂志上，终于不枉费我写了半柜子的日记。

这些，都是我为了实现自己的梦想所做的努力。

梦想是什么？我觉得有一段话成功地诠释了梦想：梦想不是多么高深莫测的话题，梦想不是触不可及的白云，梦想是你最喜欢做的那件事，梦想是你内心深处最强烈的渴望。梦想不是天外的浮云，不是虚无缥缈的幻境。它就在我们的前方，引导着我们，让我们不顾一切竭尽全力。

我曾经见过这样一个人，经常听他无比自豪地讲述自己如何教育培养自己的女儿、侄子、侄女，他的侄子、侄女大都在他的要求下没有上大学就跟他学习画国画和裱画的技术，现在都有稳定的收入，并且收入不菲。

或许对大部分人来说，这样的好事真是求之不得。但是，安逸而又舒适正是梦想的坟墓。你青春的热血豪情，年少轻狂时的梦想，都在一页页的日历中消磨过去。这就是你的追求吗？你的人生，就应该这样度过，这样轻易地被别人安排吗？

只要梦想不平凡，人生就能变得不平凡。

纵观古今中外，大凡成大事者，必定能坚持自己的梦想。玄奘大师有去印度取回真经的梦想，他才能不远万里去印度求学，为翻译佛经事业做出了巨大的贡献；王阳明有格物致知的梦想，他才能坚持下来，创立“心学”……

或许，我距离梦想还很遥远，但谁能阻止我在梦想的道路上前行？或许，我经过漫长的努力之后，并没有实现这个梦想，可我至少还能骄傲地说，我为此努力过、奋斗过。在梦想开始的那一刻，我就没有选择放弃。

衣·裳

1

青青子衿，悠悠我心。纵我不往，子宁不嗣音？

青青子佩，悠悠我思，纵我不往，子宁不来？

挑兮达兮，在城阙兮。一日不见，如三月兮。

青色的佩带，青色的衣衫，那少年第一次出现在她的视线里就吸引了她的目光。少年阳光灿烂的笑容，常常出现在她的脑海里。

她喜欢上了这个少年。她每天就在那条路上等待着，等待着那个少年经过。在他经过的时候，她或有意或无意地抬起她垂下的眼眸。她熟悉他走路的样子，唯独不知道他的名字。后来，她和另一个人结婚了。

在漫长的岁月里，那些往事大都化为记忆的尘埃。那年的她容颜已衰老，在连绵不断的战火里，她颠沛流离，丈夫也早已亡故。为了生计，她只好去为别人浣衣。在河边她将要浣洗的衣服展开，吃力地放在水中，一抹青色刺痛了她的眼睛。那是一件青衣，那些本已忘却的往事又出现在了她的脑海。少年的身影，青青的佩带，一切都好像刚刚发生过一样，却再也找不到青衣少年的身影。

青衣在河水中被冲走了，那个记忆中的身影也渐渐模糊，她干涸的眼睛中又重新盈满了泪水。

2

一袭白裳，正如他的内心，纯白无瑕。

他是一位才子，空有一身才气，却没有人理解他。

在他沉思之际，深蓝色的湖面上忽然泛起了一丝白光。他抬眼望去，只见一片白色的烟雾从湖面上蒸腾而起。他细细看去，原来是蜉蝣在湖上翻飞，宛若洁白的莲花。

“蜉蝣朝生暮死。”他心中默默地念着。

人生就如昙花一现。浮生若梦，正因如此，我们才应该珍惜。

想到此，他缓缓站起身。

湖面上的白云已经消失，有的只是随水浮沉的尸骸。

蜉蝣之羽，衣裳楚楚。心之忧矣，于我归处。

蜉蝣之翼，采采衣服。心之忧矣，于我归息。

蜉蝣掘阅，麻衣如雪。心之忧矣，于我归说。

我听见了春天的声音

伴随着第一丝东风，冰雪开始渐渐消融，冬天隐没了它的身影。

高高的大山，发出嘎吱嘎吱的巨响。“轰！轰！”这是大山挣脱了一个冬天的冰雪的束缚，从睡梦中惊醒过来，它们舒展着肢体，准备迎接新的一年。

小河也听见了大山的歌唱声，也从厚厚的冰层里跳了出来，“吱呀！吱呀！”这是厚厚的坚冰裂开的声音。它唱着欢快的歌，从山上一路奔下，边跑边唱，唱得真美妙！

山下挺拔的梧桐树听见了小河的欢唱，纷纷发出“沙沙”的声音，如同一个庞大的交响乐团在演奏。它们在抖落身上的枯枝败叶，春天就要来到了，它们必须要穿得漂亮一点。

小喜鹊、小麻雀听见了梧桐发出的“沙沙”声，急急忙忙地飞了起来，去寻找自己的同伴。“叽叽叽，喳喳喳！”“万物都要复苏了，赶紧起来！赶紧忙碌起来！”它们互相催促着。

种地的人们听见了小鸟的叫声，背着锄头开始了劳作。“叮！叮”，这是各种铁器在碰撞时奏出的田园之歌。

在这些阳光明媚的日子里，孩子们奔跑在大街小巷。他们来到哪里，哪里就充满了欢声笑语。孩子们跑着，笑着，去迎接那个花团锦簇、鸟语花香的季节的到来……

雨的自述

雨说自己在大地上等待久了……

漫长的冬天终于要过去了，新的希望将来临。

尘封在田圃中的种子，将要钻出冰封的土地；枯黄的牧场，渐渐地恢复了生机；冰冻了一冬的鱼塘，要突破冬的桎梏；被冰冻了一个冬天的小溪，也要欢快地跳动起来。

我在云朵的襁褓中诞生，顺着高山而下，为大地送去春意。我像一根根银针，将天地织在一起，织成一卷绝美的画卷。

当我靠近的时候，你们或许感到了丝丝的凉意。打开你们的细纸伞，沐浴在温暖的春意里吧；打开你们的门窗，感受春的呼吸吧……

我带着春天的问候，我是四月的客人。扬起你们的脸，接受我的洗礼，伴随我的节拍，倾听我的旋律……

经我滋润过的土壤润如油膏；尘封的牧场和忍冬的新苗重现生机；解冻的池塘里，有鱼儿在跳跃；溪水流动是春天的旋律。

你有没有看见，柳条见我笑弯了腰，石狮见我笑出了眼泪，小燕子见我笑斜了翅膀。那鲜红的旗帜，在风中笑得哗啦啦地响。当你们自由开心地笑的时候，我就快乐地安息了。

中华食话

中国的食文化源远流长。从远古的春秋战国时期一直到现在，中国人对吃的热爱丝毫没有衰减。而在诗人笔下，又为食物增加了一些别样的色彩。

“采薇采薇，薇亦作止。曰归曰归，岁亦莫止。”薇是指薇菜，又称之为野豌豆。采薇在古代是高洁的象征。但在本诗中，这显然不是诗人的本意。思乡之痛才是其真正含义。“昔我往矣，杨柳依依，今我来思，雨雪霏霏。”当年我离开之时，依依的杨柳为我送行；今日回家之时，风雪载途。昔日的年华已然逝去，只有雨雪为自己送行。和“长歌怀采薇”不同，这里的采薇是因饥寒不得已才去采薇而食，薇菜是低贱的野菜，如果不是流离失所之人，谁又会去采薇而食呢？

韭菜同样也是诗人们的好伴侣。杜甫《赠卫八处士》中有云：“夜雨剪春韭，新炊间黄粱。”在夜晚冒着雨去剪新生的韭菜，足以见证两人友情之深厚，但在诗中，也透露出淡淡的忧伤：“访旧半为鬼，惊呼热中肠。”昔日的朋友皆已作古，这难得的相遇，恐怕是杜甫在战乱之中难得的一点安慰吧。

和以上两位不同，宋代词人苏东坡是一个热爱研究美食的专家。虽然他被一贬再贬，但却“吃”心不改。在他被贬到黄州之后研究起了猪肉。从此以后，他便沉迷于猪肉不可自拔，还写了一首诗专门赞美猪肉。

作为一个富有生活情趣的人，苏东坡十分讲究吃饭的环境，譬如说，苏东坡的《前赤壁赋》基本上讲述的就是苏东坡和客人吃饭的经历及随想。因为苏东坡对我国的美食行业做出了不可磨灭的贡献，在现在，很多美食都冠以“东坡”二字，如东坡肉、东坡肘子等等。

在清代曹雪芹所写的《红楼梦》中，同样也有对吃的描绘。譬如说著名的茄鲞等。但是在《红楼梦》中，吃只是一个衬托，在这样的富贵之家，吃饭只是一种排场。

贾母过八十大寿，大开宴筵。令人印象最深刻的是烦琐的礼节。每上四道菜就要更换一套衣服，吃饭在这里早已失去了原本的意义。对于“吃”的描写越精细，越能突出家道中落之后的荒凉。现在有一些饭店试图复制《红楼梦》中的食物，《红楼梦》中的饭菜是依托于《红楼梦》的，失去了这个魂魄，很难描述出那样的美味。

美食文化源远流长，但我相信中国美食文化一定会传承下去，历久弥香。

云之歌

我是天空中明艳的绸缎，神灵将我裁剪，作为他们美丽的衣裳；我是蜿蜒的白龙，在天空中徘徊。

我在辽阔的大海上升腾，乘风来到九天之上，化为洁白又轻盈的丝绸。

当我的身躯化为黑色的楼宇时，我将化为无数银线，投身于大地的怀抱之中。

当阳光洒在无边的大海之上时，我又一次重获新生，陷入无尽的轮回。

我缭绕于青山之间，越过一座座小桥，穿过树的枝丫。

夜阑人静，一切都已入眠，只有我独自徘徊。我试图与星星交谈，它不语；我试图与月亮交谈，月亮不语。

我来到神的殿堂，乞求道："伟大的神，请终结我无休止的苦役吧！请给予我无限的自由吧！"

而神却说："真正自由的人，必然耐得住寂寞。"

我又一次从大海上升起，背负着永恒的枷锁，去追寻无限的自由。

善待自然，热爱生命——《自然笔记》读后感

读《自然笔记》，是一次激发对自然的热爱、对生命的敬畏的神奇之旅。在这里，作者用与众不同的文字和图画生动又有趣地为我们讲述了大自然的故事。

在大自然中，有许许多多我们想不到知识。但是，只要你去挖掘，大自然就会将这些宝藏无私地奉献给我们。

在夜晚的小区里有许多小虫子，它们喜欢在晚上开派对。如果不用心是很难发现的，只有细心地去寻找，才能在草地上发现一些小蟋蟀，或者喜欢安静的小蜗牛。

在这本书中，有一篇文章标题叫“家有阿虫”，讲的就是三只菜青虫的故事。想想我们天天吃着打了好多杀虫剂的菜，现在已经很少见到这种虫子了。作者对这三只菜青虫的成长历程记录得十分详

细，图文并茂。这三只阿虫在成长中死去了两只，因为它们被真菌感染了。剩下的那只艰难地完成了蜕变，最后化为了一只菜粉蝶。如果作者没有耐心认真地观察，怎么可能如此完整地讲完这个故事。

只有热爱生命，热爱自然，才会有这样一个个耐人寻味的故事和真实的图画。但是，大自然正不断地被我们人类破坏着。在这本书的最后，作者告诉我们大自然的现状是很危险的。我们曾经富饶的自然，正在经受着苦难。

大自然，是我们最好的老师，它能教给我们很多知识，让我们享受到更多的欢乐和美好。可同时，也需要我们更多的保护与照顾！让我们用心善待自然，热爱生命。

一词一世界，一诗一乾坤

伴随着《中国诗词大会》的热播，我又一次拾起《宋词三百首》和《唐诗三百首》。熟悉的诗句让我儿时的记忆渐渐苏醒。记忆中的那些诗词，一个个又鲜活生动起来。他们就好像一个个阔别多年的老友，微笑着向我走来……

“自在飞花轻似梦，无边花雨细如愁。”

“昨夜西风凋碧树，独上高楼，望尽天涯路。”

“塞下秋来风景异，衡阳雁去无留意。”

“春江潮水连海平，海上明月共潮生。”

一首首诗词，跨越千年，与你我相遇，他们如同一面面镜子，映出了一个个世界……

1

春风吹过了沉寂的大地，吹落了片片桃花，吹皱了一池春水，吹乱了他的心。

去年的这一天，在这里，同一个地方，他叩开了那一扇门。那家的桃花开得如此艳丽，在阳光下怒放。而在树上倚靠着的，是一位同样明艳的姑娘。在一刹那间，他们两人四目相对。那一瞬的目光交织，注定了他们一世的因缘。

今年，他又一次来到那户人家。重门却已深锁。他又一次叩响了门，可是，除了阵阵风声，并没有人回应他。

“公子，”他的仆人说道，“这家人或许出了远门，我们还是改日再来吧。”

他叹了口气，骑着马绝尘而去……

春风吹过寂静的院中。院里的桃花轻轻地摇曳起来，仿佛在轻轻地笑，不知是在笑他，还是在笑春风……

去年今日此门中，人面桃花相映红。

人面不知何处去，桃花依旧笑春风。

2

他又一次登上那高高的楼阁，他一次又一次地举起酒杯，金樽中的酒空了又满，满了又空，耳边听到的只是喝醉了的人的叫嚷声。他强颜欢笑，频频举杯，却始终无法排遣自己内心的寂寞。

人们渐渐地走了，只剩下了他孤零零一个人，在楼上伫立。

他默默地倚靠着栏杆，窗外是连天的青草。在夕阳的余晖里，草地上笼罩着迷蒙的烟雾。他回想起自己这几十年间沉浸于酒色的生活。

人们都说浮生若梦，何为真？何为幻？一切又有谁知晓？

月亮慢慢地出来了，他收回飘飞的思绪，一个人独自下楼。

月光如流水，倾泻在大地之上。

伫倚危楼风细细，望极春愁，黯黯生天际。草色烟光残照里，无言谁会凭阑意？

拟把疏狂图一醉，对酒当歌，强乐还无味，衣带渐宽终不悔，为伊消得人憔悴。

距离产生美

现在人们听说哪里有美景，都一定要去看一看，走一走。其实，我认为美景并不一定要实地查看才能了解其中的内涵。在我心中，唯有距离，才能产生美。

我曾经去过苏州的园林，在那里，建筑师充分利用了“距离”。中国的美学，讲究“朦胧感”，要让人和景有一定的距离。倘若苏州园林中没有那些墙，那些窗户，那些曲折的回廊的话，那园林中的亭台轩榭、丘壑池沼也会变得没了趣味。一眼望不到边际，是园林艺术的精髓。

还有的时候，美景只是存在于心中的幻想，只有一定的距离，才能让这种美好常在。倘若走近了去细细观赏，反而会破坏了这份独特的美。

在从前，许多人都说云南是一个美丽的地方。那里有山，有水，有别样的少数民族风情。我也曾对那里充满了向往，直到有一天我亲自去了云南……

大家都说玉龙雪山很漂亮，但是我却没感到那里有多美。山顶上并没有雪，只是几片零星的白点。

大家都说，丽江古城是一个好地方，但是，和其他地方的古城相比，我并没有感觉到任何新意，千篇一律的商店，千篇一律的小吃，只有浓浓的商业气息。

在云南的几天，景点去的没有几个，商店却去了不少，以玉器店、银器店为主，价格还都十分昂贵。这次云南之行，彻底打碎了我对彩云之南的幻想。

距离产生“美”，这种美是一个影子，永远伴随着你，让人内心充盈着平和。

离美景太近，则眼花缭乱。不如找一个合适的距离，望一片烟波浩渺。

真

1

淡泊之真。

在水波不兴的赤壁上，他和他的好友在静谧的月色中泛舟。

月亮在东山之上徘徊，晚风习习，荡过苇塘。在平静的湖面上，只有他的一叶扁舟，如同一粒草芥在湖上漂荡。

他也曾身居高位，也曾被诬下狱。人生的大风大浪，他都经历过。荣和辱，名和利，不过是一阵风。“世事一场大梦，人生几度秋凉。”他看开了，人，只是宇宙中的一粒尘埃。

“寄蜉蝣于天地，渺沧海之一粟。”

在无数次的寻找，无数次的探求之后，他终于找到了自我，那个淡泊的真我。自此，那一颗淡泊超然的心，再不因外界而改变。

2

无畏之真。

阳光洒满了街头的刑场。这里人头攒动，那位天才文豪、伟大的音乐家，将要在这里结束他的一生。

台下的人们，或扼腕叹息，或悲愤不已。谁也不曾想到晋朝的皇帝竟然这样冷酷无情。

一步，两步，三步。缓缓地，他走上行刑台。

监刑官面无表情地坐在高台之上，他的手中是一支血红的朱签。

他站在行刑台上，回顾过去的一生。自己曾名列竹林七贤之一，在竹林中和他的朋友纵情诗酒。因不满朝廷的黑暗，他与皇帝起了冲突，却也因此而丧命。

“把我的琴取来！”他低声说道。

很快，一张琴被放到了他的面前。

铮铮的琴声在刑场上回响，人们都被那琴声所震撼。

一曲终了，他将琴往地上一掷，说道：“广陵散于此绝矣！”

为了真实的自我，他无畏献出生命。

我喜欢真实，也追求真实，这是一种品格，更是一种力量。